黒黴

くろかび

村尾文

短篇集第3巻

西田書店

村尾文短篇集　第3巻　黒黴（くろかび）　目次

草いきれ

伊能和子は出産予定日を控えた一ヶ月前に、蕗の仕事場へ二人の子を連れて現れた。子供たちの夏休みだった。結婚してから、交流は途絶えていたのだから、珍しいことだった。蕗もお腹に子がいた。やはり、三人目の子だが、予定日は和子より一ヶ月遅い。妙に眩しく生臭い感じがして、互いが互いの膨れた腹から目を逸らしていた。それ以上にずっと逢わないでいた面映ゆさもある。

蕗はパーマ屋の店主。折よく、客足が途絶え、従業員も、奥でお八つの時間を取っている。まるで和子母子の来訪のために、お人払いをしたかのようだ。

店の客でない客、珍客の和子に、鏡の前の椅子を反対に向け、並べ、輪にし、応急の応接間にして坐ってもらう。丁度、店に来ていた蕗の二人の子をも呼んで引き合わす。一緒に遊ぶよう促しても、互いの母親の傍から離れず遠目に見ているだけ。

いつまでもはにかんでいるだけで近寄らない子供たち。和子と蕗は、二人で目を見合わせて、わたしたちの子だねぇ、と笑った。

和子と蕗も馴染みにくいというか、人見知りが強い。よくも人並みに結婚したり、子を生んでこられたものだと、互いに呆れている節がある。間違ってでしかそんなことが出来るはずがない。口を利かなくても、互いにそのくらいは通じ合える仲である。この一瞬に、二人の間に独身時代の気持ちが蘇った。思いなしか、明るい空気にそうっと包まれる。

女ざかりとも言うべき三十代半ばというのに、和子も蕗も生活に疲れ、やりきれないような、淋しさを咥えた雌鶏だ。とさかは傷だらけ、さえない羽根の色は一本一本が冷め切って、競ってだらんとぶら下がっている。何をコツコツと啄ばもうとしているのか。それでも卵を抱いている雌鶏。そんな雰囲気を和子も蕗も漂わせているのを隠しようもない。といっても、他の人の目にはそこまでは見えまい。二人にだけは、分かる共通項をもっている何かがある。

わざわざ訪ねて来たのだ。なんとなく心用意する蕗だが、もともと無口な和子はきっかけがないなら、それはそれでよいというような顔をしている。よくよくのことがあって、ここまで体をはこんできたのだ。と思えるのにそれだけでよしとしている。疲れ果てているのも、お腹の大きいせいばかりではないことがよくわかる。蕗にしたところで、やはり和子から、同じように見られているのだろうと、鏡でも見るように、相手を見ていた。

この互いのお腹の子たちが、上の子たちくらいになって、手がかからなくなったら、水郷の土手で、子供たちが遊ぶの見ながらお喋りしようね。当たり障りのないそんなことを腹を撫でながら口にし、思わず笑った。ひんやりと。

和子も蕗も知り合った当時の弾んだ気持ちを、草いきれのする土手とともに思い出し、縋る思いで味わおうとしてもいた。それが、思わぬ和やかな空気を醸し出したのか、二人をほっとさせた。

そう遠くもない十年とちょっと経ったくらいで、こうも人間が変ってしまうほどの距離を歩いたのか。そういうものなのか、結婚後のことについて二人は語らない。なんでもかんでもを、話し合ったことがあったなどとは嘘のように、沈黙を守っている。相手が仕合せでないことはしっかり捉えあっていた。ほんとうに仕合せなら、その振りをしてみせるなら、矢継ぎ早にいろいろなことが口をついて出たはずだ、いくら無口でも。どっちにしろ演技のできる二人ではない。

和子母子を送り出した後、蕗は、しんとした思いになる。互いに孕んでいるという姿を見せ合って、別れたが、それだけではない何か……肝心なことを避けていた……通過させてしまった……。

ここまで身重な体を運んできた和子の積極的な行動を汲み取れず、あいまいに先送りにしたのではないか……その責めらしきものを感じながらも、蕗はまたも、受身でしかないやり過ごし方しかできなかった……。

どこまでも、やさしい彼女なのだ。やってこないではいられない和子の気持ちに蕗は打たれていた。何も触れないというやさしさも。和子らしいのだ。何もかも……。というのは都合よい蕗の解釈だ。

和子が、何の前触れもなく訪ねてきたように、身二つになったら、今度は、こちらから、和子の元を訪ねて行こう。土手で……などとまで待たずに……それを支えにして、今を乗り越えていかねば……。

その時、蕗も和子のように、何も言わないで、別れてくるのだろうか。

二ヶ月後、蕗は三人目の子を産むために、産院にいた。一ヶ月前に、和子は第三子を生み落としたろう。和子のことだ。その子が成長するまで、また、音信不通なのだろう。水郷の土手ねぇ。それまでか……。

常の日は、日常に追われて、慌てて時がすぎていくばかりなのだ。

仕事からも離れ、家からも子供からも離れ、今、あり得ないような時空の貰い物をして、蕗は、和子との出遭いを思い出していた。

まず、毛筆で書いた封書が届いたのがきっかけだ。その差出人が〝伊能和子〟知らない人だった。訝しい思いで、内容に触れる。

——私はあなたと同級生でした。あなたと友達になりたいと思っているうちに、あなたは学校へ来なくなりました。私の勤め先はあなたのお店の斜め前の新聞屋です。そこの事務員です。この間のあなたのお店の、出火とも言えない出火騒ぎのとき、私はあなたのことをずっと思っていました。辛かったです。薬師堂へは私も手伝いに行かせられました。あなたの置かれた立場に胸がつまりました。腹も立ちました。苦しかったです。私の気持ちを、どう、伝えてよいのか判りません。よろしかったら、お目にかかりたく思います――。

蕗は、私に同級生？　がいたの？　学校なんかろくに行かなかったし、友達の顔を一人だって覚えていない。まして、名前はもっと記憶にない。そんな私に……こんな……心にぐっとくる手紙をくれる人がいたなんて……蕗の頬に涙が止めどなく流れた。

薬師堂の集会のときのことは、恥かしさだけが膨らんで、周りのことは蕗には何も分からなかった。同じ年頃の女性が手伝い人に混じっていたなんて。気づきもしなかった。そんな時に、苦境に立つ蕗を、じっと見ていて、理解してくれている人がいたなんて。もし相手変わって蕗だとしたら、その相手に、こういう手紙が書けたろうか。こういう思いで寄り添えたろうか。

和子から手紙をもらう一週間前、蕗の店から出火という事件が起きた。朝、まだ客の来る前、ストーブの手入れをし、石油も入れた見習いが火を点けた。途端、ぼっ、と音がして、ストーブ全体が炎になった。見習いは悲鳴を上げた。蕗は、店の脇にあったスコップに火の回った石油ストーブを乗せ、近くにあった板だか棒状のもので支え、燃えて火の玉になっているストーブを、外に出した。店の前は大通りなので、その真ん中に引き摺っていった。水を掛けても鎮火はしない。返って拡がる。砂があるとよいのだけれど、戦時中にはどこにでも積んであった防火用の砂袋は今はない。見習いは水、水と言いながらバケツを運んできたが、それを制して、蕗はただ眺めていた。植木の土でもほぐして……などと悠長なことを考えられたのも、どこにも、引火したり、飛び火はしまい、広い道路の上なのだから、燃えるだけ燃えてしまえ。という思いからだった。が、人だかりができ、見物され始めたことで、放っておいても消えるとは分かっていても、湿らせた座布団を何枚も持ってきて、被せた。黒い煙がもくもくと出て、鎮火した。

物見高い人たちの目、それに晒されたことで、蕗は、自分もその黒い煙に紛れて消えてしまいたい、と本気で思った。黒煙とともに昇天したい。心の中はうろうろと、そんな自分を、蕗は見ているしかなかった。

大事がなくてよかった。人騒がせなことをしてしまったが、道路にも染みを作ってしまったが、店の中も何も変っていない。営業に差し支えなし。よかった、と、後始末もすんで、漸く、蕗も従業員もほっとし、さて、商売々々と強気を出していた矢先、町内のお偉方がぞろりと勢揃いして、店の中に入ってきた。それぞれが老舗のご主人でご隠居さんである。

火事を出して縁起が悪い、不吉なことが続出しないように。何箇所参りとか、鎮守様参りとかをしなければならないという。あちこちに点在している神さまたちの所に赴く。それがシキタリなのだと説明された。町内中で手分けして、バスに乗ったり、列車に乗ったりしてお参りに行くのだそうだ。なかなかの広範囲だ。大勢の人足が必要だ。費用もかかる。ご苦労ねぎらいもしなければならない。一日で事を済ませたい。暗くなるまでに、町内の安全祈願、すべてのお払いを済ませなければ……。お偉方から噛んで含めるように言い渡された。

大掛かりだった。町内の男衆ばかりではなく、女衆まで駆り出され、薬師堂と言われている集会所で炊き出しが始まった。大釜に大鍋、米をとぐ者、野菜を切る者、買出しに行く者。酒が届く。魚屋からは刺身、焼き魚。立ち働く者はみな蕗より年長者。かあちゃん、ばあちゃんばかり。何も知らないパーマ屋さんのお若い先生に、教えなけりゃなんないことばかりだわね、それ、その箱膳、並べる前に、きちんと数えておかないと。隣の町内から、借りてきただからよ。まるでお祭り騒ぎ。祭りのことさえ、ろくに知らない蕗の初めての外部との接触である。

慌ただしく店を閉めて、見習いたちも総動員で薬師堂に詰めている。店の者から先生と言われていての蕗の面子も何もあったものではない。朝から派手な、人騒がせなことをしでかした張本人が蕗なのだ。犯罪人になって晒されている。

何箇所だかのお参り、お払いを済ましてきた男衆が帰って来ての宴会となった。お酌は若いものに限る、と言われる。率先して、お酌をしてまわる勇気を出せるのか。そんな勇気を出すぐらいなら、口から泡を吹き出してぶっ倒れてしまいたい。蕗にとって、生まれて始めての酒盛りの席。一人ひとりにお疲れさまでした、ご迷惑かけました。不束者ですが今後ともよろしくお願いいたします。恐縮して頭を下げて酒を注いで廻った。芸者になったような気がした。気の利かなさは逸品で板のようにしゃちほこばった芸者などいるはずもないのに、酌婦になる。似たような振る舞いで、従業員たちも先生の真似をして続く。

その時の費用は、酒屋、魚屋、八百屋が次々と集金にきて徴集された。それに加えて、人足代計二十何人分の日当というのもあった。その度に土下坐する思いで頭を下げた。せせら嗤っている町内の男衆、女衆の声が木霊になって蕗の耳のなかで捻っていた。

ともかくしゃんと身を立てていることに蕗は懸命だった。屈辱だか口惜しさだか哀しいのだか皆目判らない……その、判らない、時、というものが、蕗に急にやってきて、急に遠のいたり。また目の前に……と思うと過ぎてもいった。いかように翻弄されても、蕗は突っ立っていることにした。

こんなにお偉いお方たちの中でよく店など張ってやってきたものだという驚き。怖さ知らずの無知蒙昧。知らぬが仏、知らぬが花。知ってしまった今は、ひたすら店ごと消えてしまいたい思い。あの時、ストーブだけの火事でなく、いっそ、店がまるごと燃えてしまえばよかったのだ。その中に蕗は横たわって、一緒に火葬してもらえばよかった。あのとき、黒い煙と一緒に昇天したいと思ったのもあながち、間違ってもいなかったのだ。

苦労は人のためならず……とか、よい試練だったなどと思う余裕など、毛頭なく、厭世観をますます募らせていった。それでも、動きのとれない、喰うための場所。蕗は寵の中の鶏。どう自分を宥めたのか、ともかくちゃんと日々を繋げていく。蕗にはなおざりに出来ない背景がある。死にもの狂いででも稼がなければならない。思いがけない出費があったのだから余計そうしなければならない。

この事件を和子は逐一知っていたのだ。和子は、もともと蕗を知っていた。蕗は、和子のことを知らなかったという顛末も、同時に思い出す。産気づいて産院へきたのに、陣痛もやってこないまま、蕗は思い出に耽ることになる。

蕗は、命というものから、いっとき輝やきを与えられたことがある。双子の弟が生まれて、学校やめさせられて子守りしたとき、小さな命をこの手に感じ、成長していくさまを見守ったときの感動は思い出しても、身に震えがくる。

双子を生んだことで、肥立ちの遅かった母親に代わっての子育てに追われても、身を粉にして働いて寝る間がなくても、どんなに充実していたことか。ミルクくさい柔らかくて暖かい生きもの、愛しても愛しても愛したりなかった。命とは大きな喜びをもたらしてくれるものなのだ。しかし、赤子は成長する。その赤子守りの手が必要なくなると、中途で転入してきて休学していた中学校に復帰できるわけでもなく、家業であるパーマ屋になるしかなかった。家庭の事情である。子守りと家庭の雑用に追われた延長線上に、パーマ屋という家業を継ぐレールが敷かれていた。子沢山の家計を担うことになる。どうして昔の親はここまで子供の上に君臨できたのか。ともかく、なぜか、親の言うなりになるしかなかった。食べていかねばならないのだから。いくつもの口が、蕗に向けてぱくぱくして見せた。五人の弟妹の姉なのだ。素知らぬ顔をして通り過ぎていくなど出来るはずがない。

生きることにしろ、死ぬことにしろ、対極にあるのに、まるで同じ位置に居て、それは待ち構えている。てぐすねを引いている。試練を与えよう……と。

双子の弟のお陰で生きる歓びを味わえた。その密度の濃さに堪能した後だからか、あまりにも育児に熱中してしまった故の反動でもあるのか、蕗は失意の人になる。

蕗はどうしても家業に向いていないと自覚する。そんな自分に突き当る。悩んでいても救いはない。毎日が戦争だ。潤いも何もない。簡単に何年も過ぎて行く。出来上がってしまった小さな枠組みの中に、掟に、繰り込まれていくしかない。

そんな折の出火だった。

そんな事件があったから、伊能和子とも出遭えたという、僥倖になるのだが……。

産気づいて入院したが陣痛もなく、産まれる気配は遠のいてしまった。例え一瞬でも何もしなくてよいという自由と開放を手にした。異次元の世界にきたみたいに、ぽかっと空いてしまった中に置かれてみると、やはり、二度と訪れないであろうこの時間の中に、蕗は記憶の中の和子とともに埋没していくのだった。

伊能和子と蕗は水郷の土手に坐っていた。すぐ近くに水門があった。そこが村の入り口で、その土手の下の小さな藁葺き屋根の家が、伊能和子の家だということから話は始ったのだった。

蕗に手紙をくれた情熱と積極性はどこからきたのか、あまりにも口数が少ない。蕗も口下手だし叶うなら人と話したくない性格だが、パーマ屋だから、客とも、店の従業員とも喋らないわけにはいかない。いつの間にか訓練されていたのだと知る。彼女よりまだましだな、と思えたのだから。

口をきかなくとも、通じ合えるような、安心があって、暖かなものが流れている。こういうことってあるものなのか……こういう驚きは、生まれて始めての経験だった。

蕗は、小柄で教室の前の方、伊能和子は背が高いから後の方で、接触はない。転校生で馴れにくそうな蕗を見て、今日こそは、話かけようとしているうちに、蕗の姿は消えていたのだという。

和子が女神のように見えた。この人が友達？　今までだって、これからだって友達と名がつくものがいなくても不思議はない、と思っていた。友達などというものは、人生に恵まれた人にのみ与えられるもの、蕗にはただ高嶺の花。それが、こうして隣に坐っている。それもただものではない。書物の上での、理想的人物とか、師とか蕗が作りあげ存在させた。架空の人間ではない、ほんもの。蕗は誇らしくなった。芯から嬉しかった。現実に……こうして……。隣にいる蕗は天にも昇るような気分だった。

ぽつりぽつり話す和子の話し方は思慮深く、遠慮っぽい。好きだ。こんな話し方。和子は今は事務員だが、書道の先生になりたいのだと言う。本当は書家にね。そのために勉強している。それで、頷けた。美しい字の手紙だった。

蕗の家に、伊能和子は書道の先生として週一回通ってきてくれることになった。出張教授だ。生徒は見習い三人と蕗の弟妹三人、そして蕗が加わっての七人の弟子。字が上手になりたいとは誰もが思う。よき師に恵まれたのだ。日中は其々仕事なので、教わるのは夜だった。見習いは住み込みである。店だけを借りているので、みな店へ通っていく。伊能和子には一泊してもらう。なにしろ遠いので、先生を夜道に送り出せない。朝、一緒に家を出た。先生は新聞屋へ、弟子たちと蕗はパーマ屋へと。

家が狭いので和子と蕗は同じ夜具にもぐった。夜明けまでお喋りに余念がなかった。いくら話しても尽きない。将来のこと。未来にいっぱい夢があり、それへの実現に希望を繋げて二人とも意気軒昂だった。読んだ本、これから読む本の話、共通の話題に欠くことはなかった。興奮した。今までよく逢わないでいられたものだ、遅すぎた出会いだと言って、その分を埋めるに忙しかった。二人は噴火山、とどまることなく溶岩を流して見せる。夜具の真ん中に、蓄音機を据えて、ベートーベンの熱情を、布団を被って聴いた。蕗が美容の講習会に行った時、神田の古本屋街で、中古のＳＰ盤のレコードを見つけ、手に入れたものだ。まさか、誰かとこうして聴くようになろうとは……。理解を深め、共通の歓びを分かち合える。暗闇の中で。夢にさえ見なかった時間を所有している。

ある時は、伊能和子の家へ生徒全員総出で出かけた。店の休みを利用してのピクニック。みな書道の道具を持って、その頃、流行したロシア民謡を大きな声で合唱して土手を歩いた。妹など小枝を拾って指揮者の真似をする。疲れると、みなで持参の握り飯を頬張る。向岸へ渡る橋の上では、なお一層声を張り上げた。青い空が川面に映って揺れていた。

伊能和子の家は小さかったが、ひと部屋は書道教室になっていて、細長の机が四つ、二列並んでいた。みないつにない厳粛な顔をしてそこに並んで、墨の香りを立て始めた。戸が開け放ってあるので、土手に放牧されている牛、その糞の臭いを風が運んできて、みなの周りを一巡する。

蕗と同じ年だとはとうてい思えない。和子には重厚さと風格があった。畳一枚分ぐらいの大きさの紙に、たっぷり墨を含ませた太い筆で一気に筆を走らせるさまは豪快で、女性とは思えない逞しさと力があった。然も、黒い墨ばかりではなく、濃淡、灰色がかったものでの表現は、まさに芸術だった。みな呼吸を止めて見入った。

あの耀きは束の間だったのだろうか、彼女は肺を患って入院した。バスで二時間はかかるサナトリウムだった。伝染するから来ないでと言われても、蕗は店の休みのたびに行った。和子の皮膚の色は薄墨っぽくなり、大きな瞳はますます大きくなった。

蕗は帰りのバスの中から思いがけないものを見た。のったりのったりとそれは森の蔭から、地平線の彼方から昇ってきたのだった。最初はあっと声が出る驚きに打たれた。さっき夕日の沈むのを見たばっかりだ。また、赤い太陽がのっこり出てきたのだから。太陽が出るところなのか、沈むところなのか、まったく見当がつかなかった。不気味なものを、地球の不思議な現象を、見てはならないものを見てしまったという畏れにまず支配されたのではなかったか。昇ったばかりの赤い満月なのだと気づいても、半信半疑の思いからなかなか立ち直れなかった。胸のうちがざわめいていた。月は黄色いか、青白いものと、今まで思い込んでいたのだから。

伊能和子の上に異変が起きたのか、それを知らせる何か。蕗はわなわなと震え、顔いっぱいを涙で濡らしていた。月が、赤いのからオレンジに替わり、次第にまんまるな大きな盆のような黄色い月になっていくのを見ながら、静かに静かに泣き続けていた。伊能和子と蕗の、青春の終焉を、蕗はそこに見ていたのかも知れない。伊能和子もまた、サナトリウムの窓から、この異様とも言える月を見ている気がしてならなかった。

伊能和子は不死鳥のように、復帰した。自宅療養になった。蕗は、今度はバスでなく自転車でせっせと通った。生き直した彼女の分身にでもなったかのように、いつでも和子の傍にいたかった。遅まきながら、努力をしますから、蕗も書道の先生になりたい。和子の片腕、助手になりたい。願望だけじゃない切実な思いだった。知的なものへの憧れは、パーマ屋からの脱出を企てることでもある。

ある時、見舞いの先客がいた。男の人が彼女の枕元に坐っていた。蕗を見ると慌てたように立ち上がり、目礼するとそそくさと去っていった。

彼女の母が笑いながら、正夫さん、何も帰らなくってもいいのにさ。と、土間に下りて見送った。蕗も思わず見送っていた。西郷さんのようだ、と、上野の山にある銅像を思い浮かべてしまった。よれよれといってよいような絣のつゝっぽを着ていた。それも、膝までしかなく、毛脛をみせ、ちびたわら草履を履いていた。踵の下に草履はなく、じかに土についていていたから、まるで裸足と同じだった。

母親が彼の紹介をした。和子は笑いながら床の中で頷いていた。

この家は村の入り口だけんども、正夫さんの家は村のとっぱずれなんだわ。この村で、町の中学まで行ったのは、家の和子と正夫さんだけ、みんななんとかかんとか誤魔化して、遠いからって、小学校しか行かないのよ。正夫さんて言うは神童って騒れるほどで、学問が好きなでしょう。町の新制中学出ると、その頃、出来た夜間高校へ入って、うちの和子と同級生なですよ。

母ちゃん違うよ、上級生だよ。そうかえ、それはどうでもよいけど、正夫さんは出来たお人でよう、村で肺病の出た家だ、近寄るなって、だれも相手にしてくれなくなっただに、ああして人目も気にせず見舞いにきてくれてよう、根っから優しいんだわなぁ。ほれ、こうして、生まれたての卵くれていくんですよ。ぬっくいうちに、和子にのませたくてね。両手に握っていたそれを開いて見せる。へぇ、聖人みたいな人なんだ、さっきの男の人がねぇ。

細長い机が四つ重ねて部屋の隅に挨をかぶっているのをみながら、正夫という人は和子を余程好きなのだろう、と蕗はふと思う。急に寂しさが押し寄せ息苦しい。自分でも判らない蕗の気持ちだった。

和子が今度紹介するね、正夫さんて読書家だから、きっと、話が合うよ。と、言い添える。

世界文学全集や哲学書も読んでるし。前に、独りで、こつこつやってる蕗さんのこと話したら、逢ってみたいって。彼、言っていたんだよね。今日タイミング逃したのは、彼が照れやのせいとも言えるね。

和子の母が、これだけは伝えると言うように蕗さん、と言いながら蕗の近くに来て坐った。戦争が終る少し前のことだけんども、あの橋の上で、荷車が米軍機に狙われてな、荷運びの爺さまやら牛も即死だったけ。だども、同じ時に、村の外れで正夫さん舟に乗って萱刈りしてたんだわ。機銃機で狙われ撃たれたけんど、舟に穴いっぱい空いただっけが、正夫さん傷一つなく助かっただ。奇跡だって評判でなぁ、正夫さんは普通の人ではないんだわ。

伊能和子は次第に健康を取り戻していったが、仕事には復帰しなかった。書道教室の再開もしない。再開したところで生徒が来ないことはわかっているのだ。蕗は相変わらず、店の休みには訪ねていき、和子の体調次第で、土手まで歩き、そこで坐って、草をその膝に乗せたり、指に絡ませたりしながらお喋りした。おおよそ私たちは結婚はしないね、人間嫌いで孤独好き。夢いっぱいで、やりたいことだらけだから、独身でいくほかないよね、人並みなことしてたら、やりたいことなにもしないで一生が終ってしまうものね。同意見。二人は顔を見合わせ頷き合う。手は相変わらず草を毟り、二人はその草いきれに包まれている。

伊能和子は自分の健康のことも考えていたろうし、まず自立を、と、焦ってもいたろう。

並んで坐っていても、蕗は、健康も経済力も手にしている自分自身が、目障りでならなかった。引け目で身が縮んだ。が、互いの背景を考えると何もかも類似していて笑いたくなった。父親は存在していても、女のもとに走っていて、いつ帰ってくるのやら。「父帰る」なんてぞっとするね。和子は半身不随の弟の世話をして生きていくと言っていた。蕗には知恵遅れの兄がいる。生涯面倒をみていく。互いにいつか兄と弟の二人のために、施設作って園長、副園長になってもらい、私達は賄いのおばさんやろうよ、畑から胡瓜や茄子もぎってきたりして。二人とも、にっちもさっちもいかない環境の持ち主だからこそ、窒息しないでどこまで行けるかと、模索していた。

何故か、伊能和子といると慌てず騒がずといった気持ちになって、ゆったりした雲に夢を乗せ、ときを忘れて眺めていたくなる。そして、語り、沈黙があり。憧れに胸を焦がす。体中の細胞が弾むのを覚えるのだった。

どうして、そういう行き掛かりになっていったのか……正夫さん風変わりな人だけど、蕗さんと、とてもお似合いだと思うのよね、と和子が切り出した。えっ、わたしに言ってるの。まさかでしょう、和子さんのファンだよ、彼。和子さんと長い付き合いだし解り合ってて羨ましいとは思っていたのに。ううん、わたしには、実は書道仲間で、文通している人がいるの、結婚しようって言われてる。えっ、結婚……？　何を言い出すの。急に。

伊能和子は一体どうしたのだ、これが彼女らしいことなのか、結婚したくなるなんて。なにかが狂ってしまった。解せない。

不言実行みたいに伊能和子は間もなく、結婚した。これが若さ、若いということなのか。奇妙な思いだけが渦巻いて残った。何を考えているのだ。裏切られた思い。蕗には、人の本音というものがわからなくなる。漸く出遭って、親友になって、あまりにもあっけない。こういう別れが待っていたなどとは……。

そして、何を思ったのか、伊能和子は、大きな腹を抱えて訪ねてきたのだ。どのくらいの時間がたったのか、現実に戻され、陣痛に苦しみ、出産という大事と差し向い、蕗は無事第三子を産み落とした。

無事生み終え、三人の子の母だという自覚も、喜びも、多忙な日々までも、活力にして仕事場に立っていたとき、和子の母から電話を受けた。

和子がねぇ、と切り出した。臨月に入っていたという。喘息の発作で呼吸困難に陥っての窒息死。お腹の子も一緒にね。今回はとくにね。子を生むのは無理だと言われていたのに、和子も頑固だから……。意地を張ってね。

蕗は声も出なかった。心臓が止まると思った。聞き違えだ。

蕗さんの方もおめでただし、知らせるのもどうかと思ってたけど。蕗さんが身ふたつになって、元気そうだというから、思いきって電話したんだわ。いつまでも黙っているつうわけにもいかないし。

伊能和子が死んだ。なぜ？　この世にいない？　そんな……。

和子との関係は急速に不如意になったのだった。和子が急に結婚してしまうからだ。深い意味があったような、ないような、いや、あり過ぎなのだ。彼女はある方向を作ることをやってのけた。ということも、後の後になって判る始末だったが。何しろ、蕗は正夫と結婚したのだから。

伊能和子と、疎遠というのとは違うだろう。恨めしいような、後ろめたいような、後味のよくない結末のような、出発だったような……。蕗にとっては、和子は常に心に引っかかっている存在で、ゆっくりした時間がとれたら……を心待ちしていた。洗い浚い話してみたい。鬱屈したような気持ちも話せば解ける。なんでも理解し得た、そういう関係だったのだから。その和子がこの世にいないとなったら、解けるものも溶けなくなる。

伊能和子が死んでしまうなんて……。もう、いないなんて、信じられない。同じに子を妊って、夫とどうであろうとも、蕗だって意地を張って子を生んだ。そして、この母子はこうして元気そのもの、蕗は赤子に乳を含ませ、赤子はちっちゃな足を精一杯伸ばし、触れるものは何でも勢いよく蹴飛ばし、跳ね上がろうとする。いやだ、健康であることが恥かしい。

和子に申し訳ない。

胎児は生きていたという。じゃ、その赤ちゃんは救えたんですね。それがねぇ、死んでからは、開腹はできないのよ。遺体何とか罪とかに問われるとかで、そのまま、一緒に焼かれてしまった。予定日も近いことだから、もう、生まれるばかりの、ちゃんとした子に育っていたと思うよ。

蕗は目を覆う。和子の色白な腹は、はち切れそうになって青い筋がいくつも走っていたはずだ。その青い筋がばらばらに散ったとみるや、それは細い青い紐になって、赤子をがんじがらめにしていく。首も手首も絞めつけて……縊れを作る……蕗の口から呻き声が迸りでて、嗚咽となる。二ヶ月も前にこの世を去っていたというのに、何の気配も感じないでいたなんて。いつだって、会話していたではないか。それなのに和子は、自分が死んだ件について、何も言わなかった。いくら口下手だって、そんな大事を話せないなんて……。無視された口惜しさ、いや、蕗は自分の鈍感さに腹が立つ。

こんなことがあっても、人は立ち直っていけるものなのだろうか。どんなことがあっても、澄まして生を継続していくことができるのか。無二の親友だった。後にも先にも蕗のたったひとりの友が、ここまで過酷な運命を、和子が負わされていたなんて。命を絶たれてしまうなんて……。酷すぎます。理不尽です。あんまりです。納得いきません。

和子の忘れ形見、夏休みのあの時見た二人の子は、上が女で下が男の子。和子の実家に引き取られた。母を亡くし、父には女がいた。転校もして、幼いうちから苦労をしなければならない。蕗の子と、さして変らないというのに……。

蕗は彼女の実家の事情も知っているだけに、孫を引き取った和子の母の心中を思うと、胸が掻き毟られる。和子の母は吹き溜まりにいて、不幸というものを掻き集めているのか。長女の和子に先立たれ、長男は和子の弟で、事故で半身不随になり実家に戻ってきている。その世話をしているというのに。これでもかこれでもかというような不幸が、なんで伊能和子の所ばかりに……神さまの配分の仕方はどうなっているのです。

和子の夫は女にだらしない。それでは、あまりに致命的。和子もわたしも父親のそれで苦労してきたではないか。なぜ、廻りめぐってそういう人と出会うのか。共に暮らしてみなければわからないなど、悲劇的すぎる。

伊能和子は自分の村で自分の居場所を失くした。自分が居なくなることで家族が救われるという思い。文通程度の付き合いでしか、成就しない関りというのもある。あえて、それを選んだ和子だったのだ。病を捻じ伏せ結婚した。蕗はあっさり誤解して、年頃がくると結婚したくなるのか……などと。蕗は自分への責めが澱（おり）になる。

その和子がひとつだけ賭けたもの。書家の道を歩みなさい。伊能和子の書に惚れ込んだのだという。妻を書家に育てあげるのが愉しみ、と言ったという。相手が出任せを言ったのか、和子が幻想を抱き、夢でもそうあって欲しい、との一念での願望を作りあげたか。細々と書道教室をやっていたという。僅かでも稼ぐのを望んだ亭主だったという。

一度押された肺病みの烙印は生涯ついてまわる。その村を後にし、書家になる。そのひとつの夢、それに縋っていった……。その思いは、一瞬の安心に過ぎない。それを承知で……。伊能和子の、あの後姿は、潔さと言ってよいのか。もしかして、何もなくても行く、と決意したから、あんなに毅然としていられたのか。自ら事を起してそれに乗って去ってしまったのだ。まるで自殺行為。その悩み、決意、何も相談されなかった。蕗は、和子にとって、一体何だったの？　友情とは何？

あまりに束の間だった儚さを憂いた蕗は、和子からみて未成熟そのものだった。和子がいつだったか蕗に向けて思わず洩らした、まだねんねだね、その言葉が思い出される。和子の方が何もかも、うわ手。世の中の、事の分け、をよく知っていた。その反対の蕗はよく嗤われた。無知すぎる、それでよく通るよ……パーマ屋の先生が……と。

蕗に正夫を残して。残すために……。とは蕗は知らなかった。それはずっと後に気づくのだが……。長い長い時間をかけて漸く、真相を知ったと、その切なさは追いかけようもない。知らなかったとはいえ、残されたもの同士。蕗は正夫と恋愛し、結婚した。

伊能和子は口数の少ないそれを発揮して、多くを語らず行ってしまった。結婚というがんじがらめの世界へ。

夢を、希望を、語るときだけは饒舌だった和子の、心の奥底を覗けもしなかった。蕗はすべてに疎く、気がつくのが遅い。自分を歯痒がっても、もう、間に合わない。

伊能和子は最後に何を話したくて、逢いにきてくれたのだろう。

蕗が仕合せでないと知って、いたたまれず、やってきた。彼女の優しさがそうさせた。彼女の中で駆り立てるものがあったのだ。蕗が苦境にあったとき、毛筆の手紙をくれたように。腹が大きくても駆けつけてくれた。蕗の身になりすぎる彼女だ。和子が苦境にある時、あった時、蕗は駆けつけたか。和子のように感じられるのか、察知することができるのか。

あのとき、同時に心に秘めていたのは、もしかして、〝離婚〟ではなかったか。口に出来なかったが、それを口にしたら、一挙に口がほどけて、二人して六人の子を育てよう、と言ったかもしれない。兄貴や弟の奴も交えて、それぞれのおっかさんにも来てもらい共同生活しようよ。今こそ理想実現の道が開かれたんだね。明るく頷きあって別れていたら、あんなまるで自殺行為めいた死に方はしなかったはずだ。

つまり二人の関係は分かってるようで、分かっていない。分からないようで分かっていたというような……。

それでも伊能和子は蕗がどうしようもない地点に立った時、必ず現れる。だからといって、取り立てて何かを言うわけではない。寡黙というより、沈黙で、蕗の前に立つだけ、しかし、すべてを語っていた。無言で……。私たちが人並みのことをしたばかりに、妙なことになってしまったね、互いの相手までを、不幸に追いやるということをしたね……と。

蕗の心の中にいつも大きな比重を占めていた。逝かれてしまってからはなお更のこと蕗の良心として和子は鎮座している。そして、会話と、沈黙がある。

車椅子の三人組の噂をきくようになった。小学生の可愛いおねえちゃんと弟とが、車椅子にいつもくっついているという。車椅子に乗った男の人の世話をしてどこにでも現われまめまめしく二人の子が動いているのが蕗にも見えてくる。

孫の世話する気で引き取ったのに、反対に孫に世話になっている。誰にもかれにも、孫自慢してるだよ、とは和子の母の話である。

蕗の網膜に、水郷の土手の風景が浮かぶ。青い空を背景にして、車椅子の和子の弟とそれを押したり曳いたりしている二人の子どものシルエットがやさしく活き活きと動いている。それを笑いながら見ているのは、生まれたての赤子を抱いている満たされ切った和子だ。蕗も土手に坐ってる。真似して蕗の子たちも並んで坐ってる。和子と蕗、顔を見合わせ頷き合う。草いきれが匂いたつ。

今年古希を迎えた蕗。伊能和子の逝った日だ。彼女は蕗の半分しか生きなかったのか……と。蕗はその倍を生き、まだ生き続けようとしていることに、愕然とする。

蛇の殻

麻酔で眠っている間の手術だろうと思っていたら、半身だけの麻酔で、引っ張り出される腸の音をきく羽目になった。キュルンキュルキュルキュル。膨らませたゴム風船同士をこすり合わせる音。胃が引き攣れ、腹部に持っていかれそうだ。鼻まで引きずられて陥没していくのを覚える。

「手術ともいえない簡単なものよ。私も取ったけど、何のことないわ。盲腸なんて無用の長物で文明人に必要ないんですって。異物を大事にしまいこんでいて、それに悩まされるなんて愚の骨頂よ。早いとこおさらばしちまいなさい」

ひさは小さな美容室の経営者で、慢性の盲腸炎はこじらせると怖いという知識も客から得た。

「患者が決めることです。あなたの盲腸はちょっと厄介でね。薬で散らしておさまったとみせかけてはまた暴れだす代ものだから……。こちらとしても決めかねるのでね」

医師に下駄をあずけられた形になってしまい、迷ったあげくの手術だった。確かな答えをくれない医師の診断に途方にくれ、客の言葉に従ってしまった。高飛車に出られるとひさは理屈なく従ってしまう。爛れた盲腸をしっかり抱えて離さない野蛮人に自分が見えたのかもしれない。

薬で誤魔化していて、暮や正月になってから、やはり手術をということになっても困る。農繁期に手術をすることに決めた。この期間なら五日間ぐらい店主のひさが留守をしても大丈夫だろう。

稲の取り入れがすむと、若妻会や敬老会では積立金を下げての慰安旅行が始まる。追いかけるように祭りや運動会もやってくる。村の女たちはおしゃれをする。パーマ屋は忙しくなる。十二月早々には予約をする周到な客もいる。番号札を出して客をさばく年末になってから休むことはできない。

収支帳を引っ張りだした。引き継いでから十年になるのかと、ノート十冊を眺めやる。ひさは挨をはたきながら、黄色くなったページを繰った。農繁期の特に閑な日をチェックした。周囲を農村で固まれている商店街は、農家の人々で支えられていたから、農繁期はどの店も閑散としてしまう。

春に美容師の免許を取ったばかりの冴子に相談を持ちかけた。インターンを東京でしたにもかかわらず、資格試験の前にそれまでいた店をやめて、流れ者のように冴子はこの町にやってきた。求人の張り紙をしたばかりで現れたので、互いに運がよかったわけね、と喜んだ。中途半端でひさの店に入ってきた冴子に、ひさは肩入れをし、一度で資格試験に合格させた。

若いのに、何か、わけありの風情が身に纏いついていた。

「やれるだけやってくれればいいんだけど。気むづかしそうなお客だったら、先生は留守なもんで、って、丁寧におことわりして、いつも来る冴ちゃんの気の置けない人だったら、よろしかったらやらせていただきますって言ってやらせてもらいなさい。知らないお客だったら、店主のような顔をしてやってみるのも自信つけるチャンスよ」

「滝ちゃんと二人で大丈夫かしら」

冴子は思慮深げに首を傾げて、心配だけど……と呟きながら頷いてみせた。

「滝ちゃんも協力してくれるわね。冴ちゃんを先生にして、助手をつとめてくれるでしょ」

黙々と器具の整理をしている滝江にもひさは声をかけた。滝江は、いつもの思いつめた顔をしていたが、ひさと眼があうとはにかんだように頷いた。この町の中学を出るとすぐに見習いで入ってきた滝江には、言わなくとも通じるところがある。滝江は来春に試験を受ける。仕事の上では有資格者の冴子が先輩格になり、この店での先輩は見習いの滝江ということになる。ひさは等分に二人を立てている。滝江の記憶は抜群で、人の名前や電話番号など一度聞いたら忘れない。ひさはこの二つが苦手で、滝江さえいれば安心で、信頼は絶大なのだ。

「料金は割り引きにした方がいいのかなぁ。ああ、それよりも滝ちゃんの心のこもったシャンプーをサービスするといいわ。今日はシャンプーの無料ですって言えば喜ばれるし、シャンプーのうまい店ってことで、宣伝にもなるしね」

ひさは滝江にしっかりシャンプー技術を仕込んだ。髪の間に分け入った滝江の指は地肌を強くやさしく刺激し、螺旋を描いていく。五本の指の微妙な動きと速さは滝江ならではの特技で、ひさの自慢でもあった。

「ここでシャンプーしてもらうと、すごく贅沢な気分になるのよ。最高の仕合せ感じちゃうわ」

客のこの言葉に、ひさはにっこりする。そして、滝江に目配せした。滝江はシャンプーコーナーで、シャンプー台に客の頭をのせ、機敏な手の動きの最中だったが、眼はひさの方を見ていた。稽古代になり指導するとき、滝江の指の腹で地肌に触れられると、ひさもこの客と同じ気持ちになる。

「どう、冴ちゃんやってみる。腕を上げるチャンスだからね。誰にも頼らないで最後まで仕上げるのよ。心細そうな顔なんかしちゃ駄目よ。十年選手のベテランの気になって、自信たっぷりにやりなさい。お客を不安がらせたらおしまい。先生は冴ちゃんなのよ。堂々としていなさい」

ひさは十八のとき店主になった。戦後何年もたっていないときだから、それでも通ったものの、客に侮られまいとして、髪型で老ける工夫をした。方言も身につけた。

「先生さんは何人の子持ちかね、ときかれたわ。どぎまぎしたけど、年子でね、一人はまだ乳呑み子なんですよ、と答えていたのよ。いっぱしに子育ての話をしたわ。こんな大嘘つくことないけど、要するに、客の身になってみるってことよ。相手に安心してもらうのが一番でしょ」

ひさの話は自慢話めいたが、負けん気の強い冴子は、

「先生が十八のときにやれたことが、私にやれないはずはないですね。もう二十三になるんだし」

冴子は承諾してくれた。尻を叩いてみてよかったのだ。

九月の中頃の入院だった。二人に店をまかせることへの不安と、休業しないで済むというほっとした思いの入り混じった気持ちで、ひさは店を振り返った。「まき美容室」と赤いペンキで書かれたガラス戸を押し開いて、冴子と滝江は手を振っていた。店と二人に、手を合わせる思いでしんとしてお辞儀したあと、ひさは軽く手を振り、同じ町内の医院に向かった。

保育園児の娘二人は、近くに住む母のキヨに預けた。

よくよく考えた上で手術に踏み切ったつもりでいたが、まだ、ためらいを残していた。充分に考えたあとでも、結果として、しまった、という思いを重ねているひさだった。手術のことも、しまった、ということになりそうな予感がふとした。もう一度後を振り返れば、そ

のまま医院に背を向けてしまう弱さがあった。

「付き添いが必要なんですけどね。せめて一晩だけは……。付添いなしではきついですよ」

看護婦に言われながら、大丈夫ですと答えていた。手術とも言えないぐらい簡単なはずだから、形式上の問いだと思った。冴子と滝江は閉店のあと駆けつけてくれると言ったが、それより仕事第一に考えて、大袈裟なことはしないでいいのよ、と断ってあった。

太い注射器で浣腸された。ひさは浣腸が初めてだった。その液は腹の中をぐるぐる廻った。腹の中が空っぽになるのは容易でなく、手術前にすでに力尽きた気がした。

腹部に剃刀を当てられ上下に撫で回されたあげく恥毛まで剃られた。

どのくらい眠ったのか、麻酔が切れたらしく、痛みで眼が醒めた。いつの間にか、茶色のぶわぶわしている古い畳の四畳半に寝かされていた。消毒や薬品のにおいの染みついた畳は、踏めばじゅわっと汁が出てきそうだ。一人部屋らしい。夜になっていた。

痛みと吐き気が交互にやってきた。ひさは、畳に爪を立てていた。付添いがいないことで、気兼ねなく呻めいた。これでも手術のうちに入らぬ程度なのだろうか。

痛みに加えて、夜そのものに怯えた。もともとが臆病のひさは、痛みからくる弱りがそれに拍車をかけた。恐怖の記憶などを一切合切詰め込んだ荷を、われ知らず解き始めた。そこには、昔読んだ一つの短編小説があった。

自分の腕ほどの蛇がとぐろを巻いているのを見た男が、自分は意気地なしではない、と自分に言いきかせ、らんらんとした蛇の目と向かい合うという話である。

蛇の目は磁力があり、その力に捕らえられると自分の意志に反して引き寄せられていき、ついに咬まれて悶死する……そう聞いていた男は、怖がることを自分に赦せず、心の中で格闘し、ついに息絶えてしまった。しかし、蛇はただの作りもので、両眼は靴の留め釦だった。ひさは、蛇も、怖い話も嫌いだが、つい、引き寄せられて読んでしまったことがあるのだ。おもちゃの蛇の横で、口から泡をふいて倒れていた男を滑稽だとわかっていても、病室が軋む音や、饐（す）えた空気、そして、ときおり訪れる静寂に、ひさは立ち向かわずにはいられない。息をつめて格闘した。手足は硬ばり、神経は背中に総動員されてぴりぴり騒いでいる。ひさは小説の中の男と同じになっていた。

　この医院の診察室は新築だったが、入院室が古い毀れかけた家屋を用いているとは、診察に来ているときには知らなかった。古い家特有の、その家なりの歴史を秘めた一切合財を詰め込んだ臭気というか……加えて消毒の臭い、それらをたっぷり味わうわけか……と。その古い家屋の一番奥の一室にひさはいる。ひさのいる部屋は突き当たりらしい。玄関の灯りが遠くに滲んでいる。柱や梁が悶えて泣く。外は強風なのだ。ときどき摺（す）り足で人が廊下を通る。パタパタとスリッパの音だけで、人がその上にいないときもあり、松葉杖をついているのか固い足音もある。また人間になる前か、人間であったあとの容姿かと……。見えもしないのにひさにはそう見えて、それらすべてが便所に吸い込まれていくのだ。しかし、戻って来るときは異なった容相になっている。人間ではないものになって、障子戸に影を揺らしながら迫りくる。

障子戸の内側では、巨大なのか極小なのか見当のつかぬ生きものの吐く息が、気流になって巡っている。ひさの鼻の上と耳のあたりを流れている空気の温度がちがう。金縛りになったひさは、声一つ出せない。自分の存在を彼らに気づかせ、ただちに消えてもらいたいと思いながら、気づかれないことで救われてもいた。彼らは植物に似た体臭を発散させながら、部屋の中を天井といわず壁といわず音もなく這いまわっていた。

それらが去っていったのは、外が明るんできたからであった。庭に面している障子戸の輪郭がはっきりしてきたことで、逆立っていたひさの思いがなだめられた。痛みも遠のいた。

枕元には薬や吸い飲みが、蒲団の下の方にはブリキの便器が古新聞を敷いて置いてあった。退院するまで畳一枚余りがひさの行動半径だ。

入院したことは内緒にしておいてね、とひさは言いおいて出ている。入院すればたとえ盲腸でも隣組が揃って見舞いをする習慣の土地なのだ。店を休んだわけではないから、近所に気づかれないですむ。

時間と体を、動かすことに使っていないせいか、ひとりぼっちという思いが入り込んでくる。濁って饐えた空気中に孤独らしきものを放り投げた。ひさは宙でゆらゆらしているそれを眺めた。

貴子と幸子は何をしているだろう。つい最近まで二人はひさの乳房を奪い合っていた。とうに離乳も終って、乳も出なくなってからの妙な習慣だった。ぷっくりぷよんの柔かな小さな手が、まだ張りを失わないひさの乳房を押していた。貴子は寄り目になって乳首を入れた唇をとがらす癖があった。幸子は乳首を噛んでひさが痛いッ、と声をあげるのをキャッキャと笑って面白がった。仕事をもつ母親が体があくのを待って、二人はじゃれてくる。ひさは一日の終りのそのひとときに充たされた。

「おかあちゃんねてるよ」

「そっとしておいてあげようね」

眠っていたのか、ひさは枕元の声に起こされた。四つの膝小僧が眼の前にあった。まあるく可愛い膝がきちんと揃っている。水色の保育園のスモックを着た笑い上戸の貴子と幸子が、馴染めない場所のせいか緊張した面持ちをしている。二人の膝をひとつひとつ撫でていく。下から見上げた子供の顔は、まる一昼夜逢わなかっただけで、急に大人びて見えた。客の頭をいじっているか、台所に立っているひさを見慣れている貴子と幸子は母を上から見下ろすことに戸惑い、よそ行きの顔をしている。いつもは腰のあたりにまとわりついて、日なたくさい顔を寄せてくる二人だ。膝の上にきちんと両手を置いている。その手を上に上げたと思うと、甲の方をひさに見せた。短く切った桜色の爪が並んでいた。そして、キヨの方を向いてにっと笑った。

キヨは、孫は私にまかせておけば何も心配ないだろう、と得意そうな顔をして頷いていた。ひさは子供たちの爪を切らないで入院してしまったのを、病院に来てから気にしていた。それ相当のお礼をしてもらいますよ、と言っているキヨの顔でもある。貴子と幸子は女の子とはいえ、なかなかのいたずらで手がかかるのだ。生活費を渡していても、それ以外に何かと要求してくるので、えげつない母だと思いながらも、あまりにも正直にそれを見せるので、ひさはキヨを憎めない。

退院の日、夫の功が現れた。敷居の上に立ったままのスリッパの先は、病室ではなく玄関の方をすでに向いていた。ひょろ長い背丈が、さらに研ぎ澄まされたように長く見える。ひさの背中は寒くなった。入院のことを功に知らせてない。まさか、不意打ちに現れるとは思っていなかった。

功は司法試験をねらっての浪人中で、今年を最後にするといって東京の下宿先にいる。その功を思いやって知らせなかったのではない。相談しても俺には関係ないよ、好きにしてくれ、という返事が戻ってくることがわかっていたからだ。

結婚に踏み切ったとき、功が学生で、ひさの方に生活力があっても、たまたまそういう事情なのだから、と二人はそのことは問題にしなかった。ひさの収入が、キヨや弟たちに当てにされていることも当り前過ぎた。私達は自由結婚をするのだ。互いに自分の生活費を出し合って生活していけばよいと考えていた。功は、当然のように親がかりのつもりだった。ひさも功が豊かな家の息子なので、そんなものだろうと軽く考えていた。職業を持つ女とつき合うのはかまわないが、結婚は別の女としろ、というのが父親の意向だったという。それを無視して結婚した。結婚後、功の口から聞かされた。

働きのある女と一緒になったのだから、と生活の糧を絶たれた。あまりに家の格に差がありすぎるので、親が反対するのは当然だったのだ。旧家の上に、町での名誉職全部を手にしているような家系で、功の母親は女子大出、父親は帝大出で見識がありすぎる。

髪結いの亭主になろうとは思わなかった、と功は肩をすぼめてみせた。その乾いた声は、結婚前にはきいたこともないものだった。功の声だと信じられなかった。功が知らない男になっていた。ひさは氷の塊を呑み込んだ思いになって、思わず功を見つめた。ひさもキヨに反対されたものの、功の方が比較にならない立場だろう、不自由したことのない次男坊がまっとうでない背景のひさと結婚したのだから、という理解はできた。功がいたましかったし、これまでの二人のなりゆきがいとおしかった。予想外の現実の厳しさに、より深まる愛がある……と考えていたひさの思いは、この彼の態度に不意打ちを喰らい、行方を失った。功は拭いようのない屈辱の塊に喉を詰まらせ、反対にその屈辱に呑み込まれてしまったのだ。自分から招いたとはいえ、生まれた家から体よく放り出された形だ。困難に負けてたまるか、という闘志めいた思いにひさは打ち震える思いで、力を合せていこうよ、と寄り添った。しかし、そのことが却って功を傷つけた。それは同情だ、妻にまで侮辱された、と当たり所のない憤りになった。冷え切った底知れない夫の眼に見据えられた。いい気になるなッ！ 声にならない声というか、掠(かす)れ、しわがれた声で一喝された。大きな声でないのだから、一喝というのとは違うのだろうが、そうとしか言いようのない、これ以上は出ないという力を込めた声の出し方で、地底に響いていった。その地面の上にひさは立っている。急変した功の声を、眼を……男の怖さに触れた。ひさも責任を感じたし、献身的であろうとしたことがいけなかった。ひさは鈍感すぎたのだ。

功は司法試験に合格するまで、父親になるわけにはいかないと決めていたが、結婚と同時にひさは妊った。生むの生んではいけないの、といったやり取りに疲れ果てたひさは芽生えた命に対して顔向けできないことはしないと決めた。迷ったこと自体が……親同士の決裂のありさまが……お腹の子に申し訳ないことなのだ。ひさは功に気持ちを添わせていく努力をやめた。自分の力で育てるのだから、と強気になっていく。いまだ形も定まっていない子が、ひさの腹の中でしがみついている。ひさも腹の中の小さな命にすがった。離婚してでも、この子を育てていく。

俺には関係ない、勝手にしろ、それが貴子が生まれたときの功の言葉だった。まさかと思っていた功への残されていた思いが砕かれた。赤子の誕生によって、夫婦の関係は緩和するかも……ひさの希望的観測だった。甘い甘いと笑い飛ばす気持ちも、そのときから生まれたろうか。

娘の名前はひさ一人で命名した。貴い命だ。赤子の名をつけながら、今度こそほんとうに夫との別れを決意した。決意しなければ身の処しようがなかった。それでいてキヨには功が名づけたと装った。命名、貴子、と書いた半紙を枕元の壁に貼って、ひさは睨んでいた。唇をきつく噛んで赤子に詫びていた。が、日が経つにつれ、生んでしまった貴子が成長したとき片親であることの説明を思うと、決断に持っていけなかった。何も知らない子から父親を奪ってよいはずはない。

その間に、幸子を妊もった。年子だ。孕みやすい女だ、と功は唾を吐くような物言いをした。ひさは醒めた思いで功を眺めるだけだった。育児と仕事に没頭した。ままならぬことが多ければ多いほど人は他に熱中できるものを身につける。それで元気を装える。

屈辱の生活を続けるしかないとなれば、それを自分の心にさえも隠蔽しようとする。居丈高になるしかないのだろう。卑屈になられるよりよい。今は功の不如意なときで、時がくれば、と、ひさは忍耐して待つしかない……と。選んでしまった責任の範疇を見届ける思いになる。

強引に幸子をも生んでしまったあと、ひさの体は功を受け入れなくなっていた。

「俺は種馬か」

にやりと見られる眼に慣れてはきたものの、生きているということにぶちのめされた。自分を含めての生きものが三つ、ここに結束して息をしている。

背中の寒さは貴子や幸子を背負うことで癒やそうとしていた。今、その娘たちは傍らにいない。背中の寒さは下腹の傷口に凍み入ってくる。

入院する前、銀行の預金通帳や印鑑、そして、箇条書きにしたメモを、すぐわかる引き出しに入れてきた。家賃はいくらで、毎月二十日には大家に届けていることなどを。

功はそれを見てきたのだろうか。きっかりした書き方をしないと字と認めない功だから、ひさは一字一字を丹念に書いた。入院が長引いたりしたときの用意のつもりだったが、書いているうちに遺書らしきものになっていった。大体が、物事を大袈裟に考えがちのひさだった。

明日のことは誰にもわかりません。盲腸の手術ぐらいでと笑わないでください。貴子や幸子の出産のときにも、こうして同じことをしました。もし、手違いでもあって死ぬようなことがあったら、店はやめることになるでしょう。退職金とまではいかないまでも店の二人にはそれ相当の札をしてください、などとも書いていた。もっとも、功のよいように取り計らってくれるのが一番よいとも書き添えた。

それに今度こそ、ほんとうの結婚をしてくれるように……とも書き添えた。功に読んで貰える字を書かねば、と緊張しているうちに、功におもねた書き方になっていた。功がひさの死を望んでいる気になった。それが、屈辱の苦悩から功を救ってやれる近道だ……。

結婚してしまったのだ……という責めにいつも思いがいく。功の強引さ、男の我がままさは思い出すのも不快だ。屈する弱さを愛と勘ちがいした自分をも嫌悪してやまないひさは、すべてまとめて己の責めにした。ひさは自分に欠けている商売っ気を無理に捻り出す。収入を増やすことに気を入れてきた。背負っている実家と、キヨには内緒にしている功の学業と生活費のために。そんな自分を、粋がってるよ、と自嘲した。やるしかないなら、どこまでもやるだけだった。

体からの要求でもあるかのように、病気になった。それとも小休止を求めたのか……。ほんとうは貴子と幸子だけを連れて姿を消したいのに、いつも眼の前に不可抗力の壁がどんと屹立してみせるだけだった。実家や夫のことを考えるとがんじがらめの手枷、足枷で、どうせ自由になれないならと、わざと自虐的になり、頑丈な柵を作りその中に入っているようなものだった。夫が自分たちを捨ててくれることで万事解決……捨てられたい、それが究極の現状解決策だ。いつからか思考力ゼロのひさなのだった。

メモが遺書に化けたものを封筒に入れ、引き出しにしまうとき、被害妄想もいい加減にしてくれ、という苦虫を噛み潰した功の顔がよぎったのを思い出す。

盲腸の手術で町内の人が三日前に死亡していた。その医院へひさは手術を受けにいくのだ。ひさは入院前に押入れの隅々まで掃除した。書きためたノートがあった。それを燃やした。読み返せない字の羅列、そのような字を字とは認めない功だから、残されたとしても眼もくれないのはわかっているが、ひさは一枚ずつ引き裂いては、燃やした。ノートに貼りついた字が炎に煽られ踊った。踊り狂った字、それは功にたいしての呼びかけだと、字を舐めていた炎が教えてくれた。すれ違ってしまったものの、ひさは、功を愛したいし、愛されたい。出遭ったころの純粋に高揚した二人の姿に嘘はなかったと思いたいのだ。白い灰の重なりを見て、ひさは意地を張り詰めた自分の形骸をみたと思った。いつ涙を流したのか、頬は乾いて強張っていた。

横たわったまま、強張った顔になっているのを承知で、下から功を見上げていた。緊張すると咳込む癖があるのだ。急にひさは咳き込んだ。抜糸したばかりの傷口が悲鳴を上げた。背を丸めて下腹を押さえた。功の手をひさの眼の端が捉えていた。その手の伸びてくることに賭けていたろうか。細くすんなりした功の指先は、ひさの背をさすってくれなければならなかった。今なら素直になれる。功の長い指を一本一本と撫で、唇に押しつけたい。功の指先は熱い、その指を口の中に吸い込んでしまうかも知れない。功の掌が背中にあるときもあった。ひさはその安らぎを遠くに思い出した。

功は身じろぎもせず、ただひさを見下ろしていた。

週末に帰宅する功に知られないための平日の入院だった。一度決めたことは崩さない功である。今回に限ってなぜ帰宅の日を変えたのか。功が帰宅する日にはすでに退院していたはずなのに。

「こんな病院にまでなんで俺が足を運ばせられるのかわからないよ」

ぽつんと功が言った。

そのことで今日は週末なのか、思い違いをしていたと、慌てて頭の中で指を繰ってみるが、曜日がはっきりしない。慌てたせいか、手術前に剃刀を当てられたことまで思い出し、何の関りもないことなのに、と、はにかんで笑った。頬が赤らんだのを覚え、両手で押さえた。

「自分で入院のこともしたんだから、退院のこともやれるだろう。一足先に帰るぞ」

鼻白んだようにそれだけ言った。妙な寂しさを漂わせた背中を見た。追いかけていって抱きしめたくなるような後姿だった。なぜ、ひさは乾いた眼で功を迎えてしまったのだろう。黙って手術したことへの後めたさに先ず責められたせいだ。

あの後姿はいけない。あの後姿を見たら誰だっていたたまれなくなる。抱きしめてやりたくもなろう。

功が店へ電話し、その折に、冴子か滝江が伝えたのかも知れない。功に内緒にとは言いおいてなかった。それで功は週末でもないのに帰宅した。功のやさしさに触れた気がした。足音も残さないで、功は去った。虚ろな彼の背に向って、ひさは自分のぎごちなさを詫びた。

彼ほど正直な人間はいないのかも知れない。自分に嘘がつけない。足音もさせないひっそりした生き方を選んでいるかのような功、ひさに口をきかないで済まそうとしている彼のありように、今更のように胸がつまった。

タクシーに乗るまでもない距離だが、ひさは店の前でタクシーを降りた。敷居が高くなった思いでひさはドアを押す。冴子が客に向かって賑やかに喋っていた。きびきび動く冴子の姿に、やってるじゃない、とひさはくすぐったい思いを抱く。冴子はいっぱしの技術者に見えた。

冴子は眼だけで、ひさに「お帰りなさい」と言い、手も口も鏡の客に向かって動いている。

鏡の中の客は知らぬ客だった。冴子は店主だ。安心して冴子に髪を任せている客に目礼して、ここそことひさは奥の部屋に入った。

部屋はきれいに片付いている。他人の家に来た心地になって隣の襖をそっと開けた。先に帰っているはずの功はいない。店にいなかった滝江のことを思う。買物にでも出たのか。功はあのままどこへ行ったのだろう。

貴子と幸子はまだ保育園だ。逢いたい。娘たちに……。ひさはせぐり上げてきた突然の鳴咽に慌てた。客を送り出す気配がした。

冴子が部屋の入り口に立って、他人行儀に、

「退院おめでとうございます」

と頭を下げた。

「いやぁね、冴ちゃんらしくないわ。それにしても、ほんとうにありがとう。留守の間はご苦労かけました」

客あしらいの堂々としていたことを、褒めようとしたとき、

「私の一存で滝ちゃんにやめてもらいましたから」

と冴子は切り出した。ひさが言葉をはさむ間もなく、

「あの子、生意気なんです。今の若い子の気持ちには、ついていけません。いつも先生には、

ハイッハイッて素直そうに見せかけているくせに、私に対する態度ときたら、お話にならないんですよ。裏表があって、ちょっと注意すれば反抗的で……。私の方からやめてくれって言ったわけじゃないんですよ。滝ちゃんの方からやめさせてもらいますって大見得切って出ていったんです」

冴子の興奮振りに引き回されないようにするだけでひさは精一杯だった。やめさせた、とか、出ていきます、とかは、あまりに唐突過ぎて何を言っているのか分かりにくいが、勝手すぎるといった思いが込み上げてきた。うら哀しいといった思いにすぐ取って変わったのか、気持ちが萎えていった。早く一人にして欲しいという思いのほうが強かった。

冴子はまだ何やらまくし立てている。

「私の方がやめさせてもらいたかったぐらいです。でも責任がありましたから」

冴子は涙を大きく膨らませては落としていた。

「悪かったね。冴ちゃんばかりに無理を押しつけて。滝ちゃんも悪いことをしたと思えば戻ってくるでしょう」

「戻ってくるはずなんて絶対にありません。あれだけのことを言ってたんですよ」

冴子は、しゃくり上げていた。

「滝ちゃんが戻ってきて、またここで働くようなら、私の方がやめますから」

冴子は言いたいだけのことを言い終えたのか、急にひさに背を向け、襖をピシャリと閉めた。

店でひとしきり器具を洗う水の音がしていた。意外なほど明るい声で、冴子は演歌を口ずさみだした。ひさの知っている冴子は鼻歌さえ唄ったことはない。それに、いつもは静かにクラシックが流れているだけの店なのだ。変に、反抗的な空気が充満していると感じるのは気のせいか。

普段は無口な滝江のことといい、急に偉くなった冴子の振る舞いといい、ひさは他国へ迷い込んだ思いになる。一緒に仕事をしていて、それなりに各々の人柄に触れていたつもりだったが、冴子のことも、滝江のこともまるで知らなかったことになる。通じ合うものがない。

思いなしか、この家全体が狐に憑かれた妖気というか、けものの臭いが鼻をつく。パーマ屋特有の臭いというは、ほんとうはけだものの臭いだったのだろうか。病室の臭いが鼻に馴れて、自分の家の臭いを忘れたわけではないだろうと、ひさは鼻をうごめかせてみる。

一部屋増築してまだ一年経っていない。ベニヤ板を張った作りで、バラックに毛の生えたような粗末なものだが、木の香りはまだ残っている。貴子と幸子の日なたくささも充満していたのだ。

ほとんどの面積を店に取られ、住いは一間きりだった。一部屋増やすことは子供が生まれてからのひさの念願というより必然、だった。家主との折衝には骨が折れた。家主から女は軽くみられたのだ。亭主がいながら、とせせら笑われた気がした。俺には金はない。部屋が欲しいのも俺じゃない。俺には関係ない。その通りだった。ひさは勝手に奔走した。家主から承諾が出たときは嬉しかった。店の信用で銀行からすんなり金が借りられた。人からみれば少額でもひさにとっては大金だった。棟梁への交渉と見積もり、普請が始まってからの店の客や、大工への心づかいなど、六畳一間でも出来上がるまでには想像以上の労を要した。それだけに借家とはいえ、住いへの思いはひとしおのものがある。

　それらが、今、妙によそよそしく見える。けものの臭いとともに、ひさをはじくような何かが、ゆらゆらと立ち昇っている。ある強さをもったものだ。

　体の一部、しかも、臓物をほんの少し取っただけで、気が弱くなったのか。留守の間に何やら力あるものが、勢力を延ばしてきたというのか。貴子や幸子は犬や猫が好きで、飼いたいとねだったが、適えてやれなかった。お客商売で生きものが好きな人ばかりとは限らないし、軒先を並べた商店の間に挟まってくらしているのでは、動物の方だって迷惑だと思うよ、と言ってきかせた。だから、人間以外生きもの一匹棲んではいないわけだが……。

　しかし突然、生きものが棲んでいるかも知れないとひさは思い当たる。戦後、速成の美容師養成所を出た姉のまきは、この場所を借りて家業であるパーマ屋を開業。それから何年もしないで、次女のひさも有無を言わせずこの仕事につかされた。ひさが一通り仕事を覚えた頃のことである。

作り付けの客の待合室の椅子、その下は落ち毛入れのボックスになっている。その場所に蛇の脱け殻があった。切り落とした髪の毛を回収にくる落毛屋が見つけた。これはたいしたもんだよ、この店は繁盛間違いなしだ、このわっしが太鼓判を押すんだから信じなさいよ。と言ったあと、縁起がいいって喜ぶ人がいるんでね、と蛇の脱け殻を大切に拝むように扱った。ほんとうに貰っていいんだね、と念押しして引き上げていった。あっ、うっかりして商売物忘れるとこだった、と戻ってきて落ち毛を押し込んだ南京袋を鷲掴みにし、も一度一礼して帰っていった。

小さな商店が並ぶ後に古い社があり、公園もかねていた。型通りの滑り台とぶらんこがあった。蛇が棲んでいたのはそこにある大きな樹だったろうか。

「疎開したまま居ついた者のことをさ、この町の人はよそ者と呼ぶじゃない。そのよそ者のパーマ屋に、いっときにせよ蛇が棲んだのよ。縁起のよいというお蛇さまが。酔狂な蛇もいるものね」

と、まきは笑ったが、女の髪の毛に潜り込んだ蛇がいたという事実は、ひさを凍る思いにさせた。逃げ出したかった。

「わたしは巳年のせいか平気なのよね。飼いたいくらいよ」

まきは蛇は怖くないのだと言う。ひさは、なめくじさえも怖い。

「実物が目の前にいるわけじゃなし、何が怖いのよ。落毛屋さんが大事に持っていったけどあんなカシャカシャの脱け殻まるめて揉んでしまえば、人間のふやけた耳滓みたいに、吹けば飛んでっちゃうものじゃない」

まきの言葉は、ひさの怖がりようを大袈裟だと言って、からかっているのだと知っても、ますます気味悪くなるのだった。蛇の脱け殻がまきの両手で揉まれて、薄ねずみ色の粉が指の間からはみ出し、その鱗粉が、そこらに漂っているかに見えてひさは息をつめた。

そのあと、何日も経たないで、まきは姿を消してしまった。

ひさは店にいることが、どうでも気味悪くて、ぞわぞわ落ちつかなかった。まきがいなくならなければ、ひさが姿を消したのかもしれなかったが、まきに先を越された。蛇の殻だけではなく、もしかして、卵を産みつけてあって、今に、ぞろぞろと、子蛇が客の坐る尻の下から現れてくるのではないか、という妄想にひさは悩まされた。

その上、まきの失踪は蛇と関わりがあるように思えて、それもひさをいたずらに脅えさせた。まきの居場所が不明なのがたまらなかった。ひさの中で蛇は至るところに存在して見せた。まきが蛇の脱け殻を笑ったことまで、意味があるような気がした。

女と暮らしていている父親が、その女から毎月手渡されるものを持って妻子のところへやってくる。微々たる金額でも押し頂くようにするキヨだった。子供の手前なのか、父親は週末ごとに訪れた。その夫の脱け殻、その脱け殻にしがみついている母親のキヨを、まきは笑ったのかも知れない。自分が脱け殻を残して去ることを、そのとき、決意したのかも……。そして、どう脅え怖がろうと、蛇が潜り込んだ縁起のよい女の髪の毛の中で、稼いでいくしかない妹のひさを笑ったともいえる。まきが抜けた店を引き継いでいくしかなかった。それはまきの脱け殻の跡にひさがすっぽり入り込むことだった。

東京で所帯を持った、と電報みたいな葉書がまきから届いたのは一ヶ月後だった。

蛇騒動から十年は過ぎている。が、あのときの蛇が天井裏にでも棲みつき、産めよ増やせよをやっていて、とぐろを巻いているのだとしたら。手術した夜、臆病風に苛まれたときにさえも、思い出しもしなかったことが、今はまるで昨日のことのように鮮やかな記憶になって現れた。蛇の吐く息が溜まりに溜まってしまい、今このときに、けものの臭いが襲ってきているのかも。何匹もの子蛇が生まれてぬらぬらした体液が蒸発する臭いであったら……。

忘れたかったことだから、すっかり忘れていたともいえる。人は忘れることによってでしか生きてはいけないのだから。

まきがいなくなった後で、落毛屋は嬉しそうに後日談をしてくれた。

「そういえば持ち帰った落毛の中に蛇の卵の殻もありましたよ」

ひと儲けでもしたかのような嬉しそうな声だった。

妙なことばかりに気持ちが捉われるが、少しの間、自分の場を移動させただけで、居場所がなくなってしまった心もとなさである。ひさは力なく体を横たえた。

ひさが居候で、冴子が店主なのだ。

閉店の時間がきて、冴子は店を閉めて帰って行った。

功は今日も店の閑なときをねらって、シャンプー椅子に仰向けに寝て、髪を洗わせたろうか。もう滝江がいないのだから、それはやめたかも知れない。滝江がやめたことを功は知っているのか。功は従業員に髪を洗わせるために帰宅しているようなものだ。店のことは関係ないと言われても、今日は功に話すことがありそうだ。ひさは、黙って入院してしまったのに、わざわざ帰ってきてくれたのだから。

しかし彼はどこへいったのか、まだ戻ってこない。

キヨは夕食の買物を抱え、貴子と幸子をにぎやかに従え帰ってきた。貴子と幸子はひさが家にいるというだけで、はしゃいでいる。高い声を張り上げて保育園であったことなど競って報告し、さわったのさわらなかったのと、意味もないことで喧嘩を始め、ところせましと追いかけっこをするし、取っ組み合いもする。漸く、元通りの家の匂いになった。自分の家からはじかれたような思いがすうっと消えていった。

「ほら、気をつけないと、かあちゃんのお腹にぶっつかっちゃうよ。また病院に逆戻りしてもいいのかい。お腹破けやすくなってんだからね」

キヨは孫に負けない声で叱っている。功のいないとき、キヨはのびのびと振舞う。大体が功を避けて寄りつかない。ひさは、功が帰っているとは言わずにおいた。

孫たちにあれこれ注意を与え、遅くなってキヨが帰っていったあとで、功は帰ってきた。まるでキヨの帰っていくのを見届けてから入ってきた具合だ。気がついたら、子供二人はパパが帰っているとも知らず、すでに、すうすうむにゃむにゃの合唱をしていた。

功はいつもと変らず、ひさと子供たちに背を向けて部厚い書物を読み始めた。それを見れば貴子も幸子もパパのお勉強だといって、キョウリョク、キョウリョクとしんと静まる。

功の背中はいつもと変らないのに、急にその背に不安を感じた。彼はすでに、司法試験を諦めてしまっているのではないか。初めての疑いが頭をもたげてしまった。ひさの前でだけ力んで見せているのか。ひさに強がって見せなければならないのは、彼の衿持なのか。これでは、同病相憐れむではないのか。この頑なさは似たもの同士というほかない。

今更、受験は止めた、とは言えない。その立場を解き放ちようがないまま、その惰性にしがみついているのだとしたら。

そのことに思いがいってしまったあとでは、功に何も話しかけられない。その前にすでに彼の背がひさを拒んでいる、と、いつもながらひさは功のせいにしてしまう。これも惰性というものだろう。その背にしがみついて、こちらに向かせる器量がひさにはない。

ひさは盲腸をとったものの、すっきりしなかった。際限ない鈍痛も、腰が張ることからも開放されなかった。術後のせいというよりも、手術する前以上につらい状態になった。

退院して二ヶ月になる。下腹を抱えてひさは仕事をしていた。手術をしなければよかったと、愚痴めいた思いを重ねていた。思わしくない術後の体を持て余し、そのことで気分が萎えると、滝江の素直さを懐かしんだ。冴子の話は腑に落ちない。しかし、冴子の言う通り滝江は戻ってこない。ひさは働いた分の給料を持って滝江の家を訪ねた。母親が出てきて滝江は東京へ行ったという。先生さんが承知のことかと思っていました。大分前からそんなこと言ってましたから。と言われて滝江から裏切られた気がした。滝江はひさの店からはじかれたのか、自分から出ていったのか。求人の張り紙を貼った。

滝江から礼状が届いた。黙って出たことを詫びる文面は素直だった。若い娘にしては達筆で、裏を返して見た住所は功の下宿先とあまりに近かった。ひさの胸は騒いだ、が、はしたない、と胸にしまい、顔を背けた。なまじ住所など書いてくれなければよいのに。

滝江があの巧みなマッサージで、功の頭をシャンプーしていたときのことまで思い出していた。功はひさには見せない顔で、従業員に話しかける。店のために気を使ってくれての功の細やかさだと思い、ひさは満更でもなく感謝さえしていた。

　ひさは閑をみては奥に入って下腹を押さえうつ伏せになった。最初はいたわりを見せていた冴子も、いつまでも本調子にならないひさに、またか、という顔を見せるようになった。人手の急な補充もならず冴子に負担をかけることも多くなるにつれ、自分がいるからやっていける店だ、と自負している素振りが露わになった。

「年が変ったら、東京に勤め口を探そうかと思ってね」

　ひさに聞かせるために冴子は客の頭に言っている。ひとつ隔てた鏡の前で、客の毛髪を引っ張り上げては鋏を使いながら、ひさはそれを聞いたが、聞こえないことにした。わざと鋏の音を高く早くして、チョキチョキジョキジョキさせてみたが、冴子の声は耳の中でいつまでも響いていた。

　手術前に、冴子を立て過ぎたことが裏目にでた。休業したくないと慾をかいたのが躓きだ。滝江までそれで失った。店主のような顔をして、と言ったひさの言葉はよく守られ、今もそれは続いている。暮になる前に漸く技術者と見習いが入店することが決まった。冴子はそれも面白くないのだ。

　一部に痛む箇所をもっていることで、つい、ものを思うことが多くなるのか、ひさは神経をあちこちに張り巡らしてしまうようだ。貴子と幸子の二人を保育園に送った帰り、店の休みを利用して医院へ行った。年の瀬を控えて、ままならぬ体を放っておけなかった。術後の様子がおかしいときは、いつでも来なさい、と言って退院どきに送り出してくれたのを思い出していた。ひさにとって盲腸に絡まるあれこれを思い出したくもないので避けていたのだが、常に痛みが続いている状態では、やはり医師に頼るしかないのだった。

「盲腸を取ったあとが痛いんです。手術する前より痛むんですけど」

「取ってしまった盲腸が痛いといわれても困りますねぇ」

医師のむっとした声と、とりつくしまのない顔だった。ひさはとんでもないことを言いに来たに違いない。全身をほてらせながら医院を後にした。看護婦からもいっせいに白い眼でみられた気がした。

もう盲腸はない。それが痛むと言われても困るだろう。分かったような分からないようなことに頷きながら、なぜか噴き出しそうにもなって、下腹を押さえて帰ってきた。

どんな簡単な手術でも体質によっては、術後障害を抱えてしまう者もいる。出来るだけ手術を避けて治療する方法をとった方がよい。迷う場合は手術はしないこと、そういう場合の手術はすっきりしない、止むを得ない場合を除いては人間の体は安易に開かない方がよく、開いたことで他の部分が癒着する場合もある……。今頃になって新聞か、雑誌だかの記事が思い出された。どうでも手術をしてしまおうと思ったときには、すっきりさせたいという思いに捉われて、頭の中を掠めもしなかったのだ。ひさは癒着しやすい体だったのだ。

読書サークルで功と知り合ったときのことを、ひさは振り返る。あの頃には、上昇していく気流にのっている心地だった。仲間たちからも、理想を実現させるカップルだと羨ましがられた。

今は冷え切った気流に流されて、ぐんぐん下降しているかに思える。見廻しても功はいない。思えば始めからひさは独りだったに違いない。ひさだけが冷たい渦に取り巻かれ下降していた。冷たい霧のために湿った体はぐっしょり重い。その重さに引っ張られて頭が下を向く。ささくれた木片の、細くそがれて棘のようになったものが見える。それがひさ自身だなどとは思えない、が、漂っているささくれた木片はひさだった。その間を縫って蛇が上昇していく。蛇になった功、それを追う二匹の蛇。

功のことについて考えると、いつの間にか、ひさはその棘になる。盲腸がおかしくなってからは、その棘は爛れた黒い肉片に変ったが、気流の中を下降していることは同じだった。

ひさは、あえて手術をした。自分を罰するために。功と自分との間に何らかの変化の起きることを求めていたのかも知れない。また、無意識のうちに自分のうちに抱え持っていた過去の父親への慕わしい思いやらが、功を不快にしていたのではないかとも思えた。父親と功、その二人のどこがどうちがうのか、比較したりはしなかったろうか。功に内面を見透かされているようで怖かった。それが客の「遺物をしまいこんでいるなんて愚の骨頂よ、早くおさらばしちまいなさい」の言葉で左右されてしまったのではないか。遺物をどこかで後生大事にしたことが災いして、功としっくりいかなくなったのだと思った。功は父親ではない、父は功ではない。

年内での店の休みは今日が最後だ。暮や新年への準備も出来ていない。正月用の髪飾りの陳列やら、クリスマスの飾りつけも、今年は気が乗らないで、いまだ手をつけていない。

体も心の底の方もどす黒くなり、何かに侵食されつつある。

盲腸をとってしまうことで、明るい方向が見出せるかも知れないと思い込んだ。改めて出発することを望んだ。これがきっかけになって、何かが好転しないとも限らない。

それだけの思いをこめた手術が、いろいろなことを含めても、しっくりいかない結果になってしまった。

ひさは痛みに馴れていくしかないのか、と思いながら、薄暗い部屋で炬燵に入ったたままだった。店は南向きで明るいが、その分だけ住いにしている部屋は昼なお暗い。両隣が、二階建てにしたことで谷底の庵のようになってしまった。日中でも電灯をつけなければならない。灯りもつけないで炬燵に入っていたひさは、医院から帰ったまま、昼日中から夕暮れの中だった。

思えば、ローンを組んでまで、この部屋を増築したことも、何とか自分をここにとどめるための方策のひとつだった。重しをしておかないと、何処へいってしまうか不安なのだ。確固とした断念が必要で、自分を縛りつけておくためのあの手この手の試みだ。糸の切れた凧のように空に飛んでいかないように。蛸壺のようにぶくぶくと海の中に沈んでいかないように。

二ヶ月前に書いたあれはどうしたろう。退院のときには気になっていたものが、帰宅した途端から、すとんと忘れたままになっていた。功をたぐり寄せるかのように、ひさは押入れから引き出しを引っぱりだした。古物の書類用の引き出しで一番上の段には祝儀、不祝儀袋が入っている。それらの上に、それは載せられたままあった。功様と書かれた封筒は手にとられた形跡もない。功は週末ごとに帰ってきている。手術前も後も、なんの変化もなかった。功は相変わらずひさを無視し続けた。中途半端が嫌いで、徹することをよしとしている。半端な関りは持たないと、ひさに対して背中でその覚悟を示していた。手術する前頃から、功は徹したい方向に何か一つを加えていったようだ。これまで以上の断固としたものが感じられた。ひさはそれらの流れていく方向を変えたくて手術に臨んだのかも知れなかったのに。この引き出しの中味だってそれを助けるひとつだった。しかし、手術をする前と変化はない。

そういう功のことだから、もし、この中味を見ていたとしても、改めて何も言うことはなかったのだろう。この引き出しは二人の共通のものだ。

かっきりとした続みやすい功の筆跡がひさの眼に浮かんだ。結婚するまでの手紙のやりとりをしたときの字だ。もしかしたら、あのときのやさしさの滲む字がこの中にあるかも知れない。ひさはいっとき甘やかさの中に浸った……。行き違った自分たちだが、やり直そう。お互いに素直になって話し合おう……言葉で言えなくとも、ここに、それが記されている。自分で想像した封筒の中味をひさはいとおしむ。

先週の帰宅では功は貴子と幸子を散歩につれだした。パパと歩いたことのない二人の娘は嬉しそうだったが、どこかぎこちなかった。ひさは店の前まで出て見送った。手を振ったひさに、二人は小さな手をひらひらさせながら面映ゆそうにした。功は振り返らなかった。娘たちよりも面映ゆい思いをしていたのかも知れない。

冴子も店の窓から顔を出していた。艶を帯びた瞳が功の背を這っていた。わけありの媚態が冴子から滲み出していた。見てはならないものを見たように、ひさはそそくさとドアを押して奥へ逃げた。

炬燵に蹲り通していたひさが、体を動かしたのは引き出しを抜くときだけだった。灯りをつけなければ……下腹と腰が異様に重い。鈍い痛みはずっと続いている。立とうとしたことで、余計に体の沈んでいきそうな感覚を知らされる。炬燵の上に載せられた封筒を縋りつくように見つめた。手は引き出しの縁を撫ぜている。

功様か……。

口に出して名前を読んだ。自分の口から出た声が、あまりに掠れていてひさ自身の声とも思われない。ぞっとした。中味をあらためようとした気持ちが萎んだ。背中が寒がっている。中など見ないで燃やしてしまおう。

この引き出しは疎開の荷物に紛れこんだ父親のもので、いつの間にかひさのものとなり重宝して使っていた。自分は父親の過去が好きだった、となおも引き出しを強く撫でながらひさは思う。あるがままの父親を好いていた。キヨに悪いと思いながら、理屈なく父親が好きだった。勝手な父が憎いはずなのに憎めない。父親に抱いたと同じ思いを、功に求めただけ。そういえば、功は父親に似すぎている。無口であること、ほっそりと背が高いこと。人を寄せつけない冷たさのようなものなども。

妻でなく女のもとで死んだ父親。父親が週末に妻子を訪ねてきたのは、義務と形式のためだったのか。とうさん教えて、功も週末には帰ってくるけど……。

ひさは功のことから父親へ、父親から功へと思いを揺らがしているうちに、キヨがどんな思いで週末を掴まえようとしていたかに思いがいった。ある時期の半狂乱の時期を越したあとの気持ちの悪いようなキヨの鎮まりを、ひさは、すっかり忘れていた。鎮まりながら、それを後家の頑張りにしていった。その肩肘を張ったようなキヨが、週末になると、妙にしっとり和らいだ雰囲気を漂わせた。父親のありようは常に変らなかったが、キヨのその変化にひさは秘かに気がつき、わけがわからないながら、ひさは憎悪に近いものを抱いたのを思い出す。誰に向けてなのかはわからなかったが、憎悪には違いなかった。当時、まきも父と母を憎んだに違いない。だからあの蛇の抜け殻の件をきっかけに、まきはいさぎよく反旗を翻したのだ。

一方、無意識であろうともそのような形の憎悪をもったひさが、キヨを踏襲するわけにはいかない。功に女がいるわけではない。それでもひさは、功の背中に向けて和らいでみせることはできない。キヨは生煮えのような愛に充たされたのだろうか。父親は器用に振舞える男ではなかった。キヨは充たされなかったに違いない。キヨは埋めようもない気持ちを娘に託した。が、長女のまきは見事に裏切ったし、ひさもキヨの意のままになってパーマ屋はやってきたが、キヨの反対した男と結婚した。キヨの人生はままならなかった。ひさは、それに加担しているだけなのだろう。

ひさの眼はベニヤの壁に貼ってある娘たちの描いた絵に向いているのに、それを通り抜けたもっと遠くを見ている。魑魅魍魎の世界でも見えそうだ。

手は無意識に動いて功様と書かれた封筒を開いていた。功からの走り書きなど出てこなかった。自分の書いたものなど見たくもない。それを抜き取り、未練がましく封筒を下に向けて振ってみた。

黄色の髪の毛がはらりと落ちた。五、六本、いや、十本はあろうか。二十センチぐらいの長さのものが、捩れながら絡まっている。根に白い玉が乾いてついている。

根っこごと抜かれた髪の毛だ。冴子にヘアーダイの技術を教えるために滝江がモデルになる。その滝江のしなやかで、細く柔らかい染められた髪の毛。髪の質といい、色といい滝江の毛に間違いない。しなやかで細い髪がみるみる巨大になっていき、ひさの視界からはみ出ていく。何百倍、何千倍、だかの顕微鏡でも見ているかのように、ぐんぐん拡大されていく。太い綱か、縄か?　いや蛇だ。やっぱり蛇でも縄でもない。髪の毛だ。のた打っている。のた打ちながら、中身をさらしている。透けて毛髄の中まで見える。髄のなかの細い管の一本一本が汗を噴き出している。細い管はびっしり詰まって一つの束にされ、締めつけられている。それを取り巻いた表面が蛇の紋様になった。鱗になって金色に光る。金色の蛇は、しなやかな細い毛髪そのままの太さになったり、縄ほどもある太さになったりしながら、あえぎながら捩れ絡まり合う。けものの臭いがひさの鼻を覆う。

汗まみれで絡まり合っている蛇を透かして、滝江が鏡の前のセット椅子に坐っているのが見える。滝江の髪の毛を、冴子が一本一本と引き抜いて、誰かに渡しているのが鏡の中に写っている。鏡の端から細くすんなりした指先がのぞく。その指先が黄色の毛髪をつまんでは封筒の中に入れている。

巨大な毛髪たちを、うまく指先に絡ませて、戯れているようにもみえるし、サーカスの蛇使いでもあるかのようだ。

網膜に何らかの現象が起きて、黄色くなったせいだ。それが意味のない映像を見せただけなのだ。ひさは瞼を両手で抑えた。

俺には関係ないよ、どこからか功の声がしてくる。功はそう言いながら、滝江の肩を抱き、もう一方の腕にも冴子を抱えている。思いつめた滝江の表情、艶を帯びて功を見送った冴子の瞳が、ひさに迫ってくる。

かぶりを振りながら、ひさはまたも瞼を抑えた。手の甲でも強く押しつける。黄色い映像に取って変って、赤紫の小さな炎が躍り出た。次々と踊って消えていく。燃えろ、燃えろ、ひさは瞼の中に炎を燃えあがらせた。

「おかあちゃん。いないいのぉ」

「おかあちゃん、いないいのかな、へんだねぇ」

貴子と幸子の声に混じってキヨの声もする。

赤く燃えていた炎は消えた。燃え尽きたのか、白い灰になった形骸を瞼の奥に見た気がする。

ひさは立ち上がった。灯りをつけた。

「あっ、やっぱりおかあちゃんいたんだぁ」

はしゃいだ娘たちの声が外から家の中に押し入ってきた。

黒徽

夏休み中に家を出ようと決めてから、一日一日が追い立てられる思いだった。加絵は懸命に家探しに歩いた。今住んでいる場所から少しでも遠い場所を選びたい。そう思いながらも、加絵にはあまり遠くにいけない事情があった。

小さな美容室でも生活のためには手放せない。ある程度人任せの経営になるにしろ、通勤可能の二時間以内の範囲でなければならない。生活を維持していけるだけの収入は確保しておきたい。子供四人との家出なのだから、欲張った思いとも言えまい、というのが加絵の切実な思いだった。

加絵の頬は歪んだままこわばり、元に戻ろうともしない。顔の皮膚の疲れまでは、もう加絵の手に負えない。不動産屋巡りをいつまですればよいのか、額からの汗が、頬の上を伝わって流れている。拭いても拭いても湧いてくることを思えば、それもどうでもよいような気がしていた。

それに、汗の振りをして涙を流していたのかさえわからなくなっている。濡れて重くなったハンカチを握ったままの手は、だらりと下がったまま上にあがろうともしない。駅前の不動産屋から急な登りになっている近道だという石段を、加絵はいつまで続くなんとやら……

と心の中で復唱して歩く。一歩一歩と体を押し上げていく。

案内の不動産屋の男は、熱い日射しを避けるように三階建ての貸しマンションに入った。ここは高台だから、と男は胸に風を入れながら、嬉しそうに言う。歩いているときは、そよともなかった風が、ここでは開け放った窓から風が存分に通り抜けていた。

汗が急速に引っ込んだ。一息入れてしまうと、加絵は漸く尋ね当てる所に来たのだ、という思いになっていた。子供四人と自分を置いてくれる所であれば、もう、よしとしようと最終地点に立った気分と、疲労の限界だった。

それにしては、分を過ぎた所へ案内された気がしないでもないが……。加絵がちらりとそんなことを思っているうちに、このマンションの持ち主で、隣に住んでいるという五十がらみの太り気味の女が、そそくさと現れた。額に大粒の汗の玉を転がせていた。雨が降ると、どういうわけだか雨が滲みてね、ここは物を置かないようにしないと、と壁の一部を指す。ここもね。好ましい素直さで、押入れの中に出来ている染みまで隠し立てしない。子供が四人、しかも三人は男の子なんですが、と遠慮しながら口にした加絵に何の躊躇も見せない。涼しいわ……ここは。と、自分のマンションを自慢気に慈しんでいる。

周囲に高い建物がないのもよい。見晴らしのきく窓際に立ち、快い風に吹かれながら、加絵は、家主の女の素直さに爽やかな気分を味わっていた。予算を上回っている家賃のことが、拘りにもならない。予算と睨み合わせては、取りやめにしてきたこれまでのせっぱつまった思いはどこにいったのか、ここでは加絵は何もかもすんなり受け入れていた。風が吹いて、その風が鬱屈していたものをみんな持ち去ってくれた……加絵は鼻唄でも出てきそうなほどの自分に驚きもしたが、これが直感だとしたら、素直に従えばよい……と鷹揚にもなっていた。

パーマ屋という商売柄、義理で入っていたいくつもの生命保険を解約して、当てにしていたよりも余計な金額を手にしたばかりだったことも、気を大きくしていたのかも知れない。敷金や前家賃を支払っても、手元に残る分が思いがけず多いことも、加絵の生来の気前のよさ……というか、地が出たということか。

帰りの電車を途中で降りて、長男の転校手続きのために加絵は中学校に行った。厳しい受験をし、電車通学をしている豊は本来なら一貫制で、そのまま高校まで行けるのだ。担任は、今から急に高校受験をさせられるという生徒を思いやって、今転校するのは不利なんですがねぇ、と渋った。

どんな家庭の事情があろうとも、こんな大事を……といった眼で眼鏡の厚いレンズの奥で加絵をなじっているふうだった。言葉もなく加絵は顔を俯けていた。なにもかもが崩れていきそうな予感がした。足元は砂、蟻地獄の淵にかろうじて立っているような。いっそ、ずるずる滑り落ち消えてしまいたい。

中学三年のこんな時期に、転校させたいとか、受験準備もしてこないで受験をさせようという親の気が知れない、手遅れということがわかっているのだろうか、と教師は珍しい動物を見るように加絵を眺めているに違いない。お父さんもご承知なんでしょうね。訊かれもしないのに、加絵はその声を耳にした気がしてぎっくとして逃げ出しそうになる。

もう、誰にでもよい、切迫している加絵の気持ちを洗いざらい打ち明けられたら、どんなに楽になるだろう。これまで何回子を連れて、家出しているか……その度に元の木阿弥になっていた。連れ戻されたり、家出した先に夫が来て、そこに居つかれたり……思えばいくら真剣で必死でも、これまでは、同じ町の中だけでの家出で、転校までは考えなかった。加絵は分別もなく、何もかもぶちまけてしまいそうな危うい自分を見た。慌てて、それらの不穏な思いを掻き集め、握りまるめて胸の奥底にしまう。その先に、豊が父親に向けたあの何ともいえない目付きがちらついた。

豊自身は知らぬこと、加絵だけが捉えたことだ。拭おうとして拭えない……それからの脱出なのだ。母親の自分が行動を起こさないで誰がそれをするのだ。それしか方法はないのだ……と、自分でも誰に向けているのかわからず、ただ、わかってください、と何者かに訴え祈っている。これまでの家出事件など、箱庭の中でのお遊びにしか過ぎないように思える。今回は何が何でもその箱庭を出なければならないのだ。

言葉に詰まり、というより言葉がない加絵である。伝える術を知らないし、口にしないまま前に進む加絵は屠場に曳かれていく牛である。すべて承知の上でして……悩みに悩んだ挙句の決行なのですから。と、またも、言い訳めいた思いが加絵の中をよぎった。頭の中でいくらそれしかないという結論が出ていようとも、豊の担任に面と向かうという現実の前では、突っ張っていた心棒が簡単に引き抜かれてしまう。へなへなと潰れてしまう自分を立たせているだけが精一杯で、かろうじて、そこに、いた。


子供の父親雄二は酒に溺れるたちだった。酒呑みでもたまにはなりをひそめて穏やかな、ということもあるので、その間は子供も加絵も精一杯羽根を伸ばしたり、毛づくろいするに余念がなかった。そんな晴れ間の訪れがあるから、家出を繰り返しながらも、いままでをやってこられたが……。

夫が暴れて眠れない夜、子供たちと加絵はかばい合いながら、身を守るに必死な時を過ごす。雄二は人間に暴力は振るわない。当り散らされるのは、手近にある物たちである。手頃な食器が次々と毀されていく。さっきまで快く呑んでいたビール。そのコップ、ビール瓶はまずは恰好の鬱憤晴らしの素材である。投げる、叩く、打つ。食堂の板の間に砕け散ったそれを追いかけ、底の厚いスリッパで踏みにじる。粉砕しないでは気がすまぬ雄二なのだ。毀され、砕けていく物の悲鳴がなおも続く。怒号と物たちの悲鳴、ぶつかる音、軋む音に、母と子供たちは慣れることはない。それでもなんとか二段ベッドのねぐらに潜り込む。一人ずつこっそりと梯子段を上がって二階に消える巧みさも身についた。布団を被っても背骨の芯が震え慄いている。ガラスの踏みしだかれる音に呼応して、それぞれの背中の骨も軋み、音を立てる。骨の周辺の細胞たちもざわざわと立ちあがり、何踊りだか知らぬが、落ち着きなくひょろひょろ動いている。

そんなことは、もう日常になり、いつまでこの暗い泥沼の中を彷徨っていればよいのか……前途も何もない暮らしぶり。ただときどきは晴れ間があるのが救いになっていた。

それは、雄二の反省のときでもあるのだろうか。二日酔いが終った後ではまるで人が変ってしまう。やさしいお父さん、夫に変身する。子供たちと加絵は山あり谷あり、どちらも懸命に歩く。罪滅ぼしのためなのか、ようし、今夜は外食だぞう。好きなもの言ってみろ。ご機嫌な雄二は子供四人を従える。末の子の真は雄二の背にある。その後について加絵も歩く。仕合せな家族の図が生きて動いていく。雄二という人のどっちがほんとで、どっちが嘘なのかわからなくなる。不気味だ。しかし、嘘でもよい、やさしいときはそのやさしさにどっぷり漬かりたい。眉唾だという思いも、捻じ伏せ、嘘しいという空気も払い除ける。束の間の仕合せだってないよりかましだ。

そんな揺らぎの中をくぐり抜けるのも上手になったと加絵が思っても、それは違う、と別のものが頭をもたげる。

暗雲立ち込めた薄ねずみ色の空の下、どっぷり泥沼の中に漬かり、不安げにおどおどと、それでも挫けまいと身を隠したりしながら行進しているさなかでは、雄二を除いた五人の結束はどうしても固くなる。何時間にも及ぶ折檻、勿論精神的な意味で……それに疲れ果て、行進は崩れ、残る者に見守られ、祈られながら、一人、また一人と消えていく。雄二に見つからないように、身を横たえるためのねぐらへと、音もなく忍び足で梯子段を上がっていくのだ。背中の骨は、いつ首根っこを引っ掴まえられるかとビクついている。

最後に加絵も姿を消す。しかし、加絵は隠れている場所を見つけられてしまう。二段ベッドの上段、次男の歩のところにかろうじてもぐり込み、息を潜めていた加絵だった。

誰もが失せていることに雄二は気がつく。階下には誰もいない。こけにしやがって……と雄二は二階に足音高く上がってきて、次々布団を引っぱがし、歩に庇われるようにしていた加絵を見つけ引き摺り下ろす。まともに暴力を振るわれたことのない加絵はもんどりを打って転げ落ちる。目の前に真っ赤な仁王の顔、湯気を立てているその仁王から、とっさに首を絞められる。瞬間、加絵はこれで終りになるなら、それもよい、と声上げて嗤いたい気持ちになる。と同時に、子供たちはどうなるの？　と不安に慄きながら眼の前が真っ暗になって倒れたその時、仁王は地響きでも立てるようにばたんと畳の上に倒れた。慌てて立ち上がった加絵の脇に、加絵よりもすでに背丈のある豊が立っていた。豊が仁王を見下ろして立っている。仁王がその豊を下から見上げている。加絵は見てしまった。憎しみに満ちた、ぎらぎらしたものを。双方は対等に憤怒の形相だった。それも、どうしようもなく哀しいといった眼ではなかったか。大きな仁王の眼がぱたんと閉じられた。

思い違いだと思いたい。雄二は酔っ払っているから、足がよろけて自分で倒れてしまったのだ。豊は母親の危険に気がついて、転げるように二段ベッドの上から下り立っただけのことだ……。たまたま加絵の妄想で豊が父親をなぐり倒したように見えてしまっただけのことかも知れないのだ。

加絵は打ち消しても打消しても追いかけてくるその妄想から逃れられなかった。妄想は膨らんでいき、考えられない酷い場面まで描き出して見せる。眼を覆いたいそんな場面は手を変え品を変え、加絵を追いかけてくる。

とどのつまりが、子供を連れての、転校させてまでの家出となった。

小六の次男・歩の担任に向かったときは、公立の中学に行くと思われていたのですんなりと手続きを終えた。

加絵は厚顔になる術を身につけてしまった。手を擂り合わせながらともかくすり抜けていく卑しさというか……。加絵は強気のような弱気のような曖昧さを味わっていた。生きていく手立て、要領といったもの。思いもかけない不本意なことだけれど、子供によかれと思ってすることが、こういうことに繋がっていくとは。

小三の娘のときは、もの慣れた調子で担任に向き合えた。夏休みで生徒のいないがらんどうの学校を後にしたとき、これしかないじゃないの……と加絵は呟いていた。


十五年間の結婚生活の情景は、豊が肩で息をしている姿で終わる。その喘いでいる豊を、抱き締めたあと、抱えるなり背負うなりしてでも逃げなければならない。豊はとうに加絵よりひとまわりもふたまわりも大きい。それでも加絵はこの手で豊を別の場所に移す。移すことが豊を救うことなのだ。

ついで、ねんねこ半纏をつんつるてんに着た雄二が加絵の店の前に立っている情景がよぎる。豊が乳呑児でそのねんねこ半纏の中にいる。大晦日の書き入れ時で、加絵は明け方まで立ち通しになる。近くの実家に預けている豊の所に乳を呑ませに駆けつけることも出来ない。

雄二は、乳を欲しがる豊への哀れさで、思わず豊を背負って店まで来てしまったのだ。見てくれなど気にしない彼が加絵には好ましく、有難くて頭が下がった。雄二に背負われた豊は、腹を空かせ、泣いた涙の跡をつけたまま寝入ってしまっていた。

あれは、結婚二年目ぐらいのときだ。雄二が子を背負いねんねこ半纏を着ることがあるとわかっていたら、もっと大きな半纏を作ればよかった……加絵はそのときそんなふうに思った。


加絵は足を早めて、学校の校門から斜め前の町役場に入った。教育委員会は二階にあった。転校届けをすませ、下に降り、子供四人と加絵との五人、この町からの転出手続きが終ったとき、身ぐるみ剥がされたような恥ずかしさで、うそ寒かった。

このひんやりさは夏のものではない。すすきの穂がざわざわと揺れている原っぱに立っている思いで、加絵はノースリーブから出た肩から二の腕を思わず撫で擦っていた。掌は毛穴の立ったざらざらの肌に触れ、さらに、気持ちを寒くした。どちらを向いても知った顔に出会ってしまう。役場でもこちらは知らなくとも、あちらはこちらを知っているというような――。

加絵が何をしに来たかを知っていて知らぬ振りをされたようなうそ寒さがあった。手続きをすませたあとで歩く町はすべてよそよそしく膜を覆って見える。自分でこの町を捨てながら、町から捨てられたとも思う。

夏休みも終りに近い日に四人の子供と加絵は家を出た。

学用品と着替えの包みだけを持って、六畳二間のマンションに着いたのは夜更けだった。綿の打ち直しをすると見せかけて送り出していた夜具が届いていた。家具ひとつない新しい出発は、夫を棄てた女と父親から離れる決意をした子供たちには相応しい。上の二人にとっては合意した上でのことだったが、小三の長女万里と末の子の真にとっては兄たちも行くからついてきたということだろう。加絵は学齢前の真を引き寄せて眠った。

やはりこんなはずではなかったのだ……とここまで来てしまったというのに、未知の大海原に舟を漕ぎ出してしまったというのに、加絵の中では一人の人間を不幸に追いやってしまったという思い、その逡巡から逃れられない。しかし、ひとつの幸いと五つの幸いというか、その比重、シーソーにのせてみれば、いやもおうもなく結果は出ているのではないか。

人並みとはどういうことなのか、波風もたてず、離婚もせず暮らすことなのだろうか。子供たちに人並みの暮らしはさせたかった。父親が酒乱になっての狼籍、それを見兼ねた豊がつい立ち上がって、家族のみなをかばっただけのこと、酔ってよろけて勝手に倒れてしまった父親なのだ。そう思いたい。そう信じている加絵なのに、下から見上げる男の目と、上からねめつけている目との、その接点に火花が散ったことも知っている。凄まじい発火点。憎しみと哀れみ、傲岸さと屈辱に満ちたあの四つの眼が加絵の網膜に焼きついて離れない。何回も何回もするすると幕が上がっては同じ場面を執拗に見せられていては、その幕を下ろしたくもなろう。

子供たちの声で朝が始まった。窓から見える景色に興じている。店の開く時間を待って上の二人は牛乳やパンを買いに店を探しに走った。加絵は万里と真と手を繋いで金物屋を探した。暮していくのに必要なものだけを買うんだよと三人で品選びをした。真は赤いパン焼き器を指さした。万里も同時だった。加絵はガス用の万能焼き器を取って、これでも間に合うよ、ほかにも買うものあるし……と言うと、二人はこくんと頷いた。三人はままごと遊びでもするように、俎板、包丁、中華鍋、おたま、と選んでいった。はたきに箒まで揃えると、新所帯を始める賑やかさである。荷物を抱えこんで店を出ると、瀬戸物屋があった。そうだ、茶碗も買わなきゃ。万里は真を手招きして、店先に山積みされている茶碗をもう選び始めている。豊兄ちゃんは一番大きいこれ、歩兄ちゃんはこの色が好きなんだ。真は興奮している。いつにないはしゃぎようだ。瀬戸物だけを抱えて、金物屋からの荷物は店の隅っこに預けて帰る。

　食糧を買い込んで先に戻っていた豊と歩は、何もない殺風景な部屋の中央に牛乳だのパンの包みを山にして待っていた。その賑やかさに万里も真も歓声を上げた。兄たちを瀬戸物屋に案内するために、二人はスキップしながら出ていった。豊と歩は任しとき、と言い置いてかさばる荷物を取りに走った。

　満腹だ、とお腹を撫で回している子供たちと加絵は新しい土地を歩きまわる。冷蔵庫と洗濯機、そして、上の二人が一緒に使える勉強用の座卓を一つ。一緒に買った卓袱台は食事のとき以外は、万里と真と加絵の机にもなる。箪笥と食器戸棚まで奮発をすると特価品しか買わないのに懐が軽くなった。子供四人は弾んだ足取りで前を行く。

　窓からの風はアイスクリームを口にしたそれぞれの頬をほころばす。よかったね、こんないい家見つかって。こんないい家とは思ってなかったな。ぼくのいく中学校見えらア。ずいぶん近くに見えるな。ぼくの保育園なんかもっと近いよ。ほら、赤い屋根が見えるでしょ。ほらっ、ほら。おかあちゃんが教えてくれたもん。小学校は見えないけど、すぐ裏だもんねと、万里も自慢気だ。

　新しい場所での生活が始まってから、一ヶ月半は過ぎようとしていた。覚悟していたとはいえ、漸くの思いで離れた町への通勤は、加絵にとって気骨の折れることだった。面と向かってあれこれ言う人はいなかったが、旧弊な地方の町なのだ、どんな噂をされようと、あたり前のこと。気にしない、気にしない、と四六時中自分に言いきかせて仕事をしている加絵だった。言い訳になることは口にしまい、としていることが、はたから見れば挑戦的にみえて小面憎くもあろう。子供を連れて家出した女が平然と仕事をしに現れるのだから。その上、疎開して来たまま居つき、女だてらに十代のうちから店まで構え、繁盛させたあげく、子供を引き連れて家出するなど、土地の者には出来ないことだと呆れられている。

加絵にすれば平然となどではない。びくびく怯えているのだ。いつ、眼の前に、ぬっと雄二が現れるのか。恐怖に苛まれている。後ろめたさ故の……。できることなら、この町だけは透明人間になって出入りしたい。そのような中で加絵は自分のしていることを、他人ごととして眺めるのを覚えていった。

通勤時間は往復四時間近くかかる。店主の加絵の実働時間は少なくなった。子供の学校の参観日などで、店にいけない日もある。店主のいない店、眼の行き届かない店は収入減になっていく。噂の張本人である自分のせい。評判がよくないのだと思えば加絵は文句も言えない。

しかし、噂など届かない遠くの村からバスに乗ってくる客だって多いのだ。それに救われてもいる。

店には強力な片腕の和代がいる。よい腕を持つ技術者で加絵が育てあげたのだ。苦労人の和代が加絵の頼りだった。生真面目な和代に一切を任せてもいた。三人の見習いたちへの指導ぶりにも信頼がおけた。和代には小学生の娘がいて実家に戻ってきているという事情がある。和代の父親は酒飲みで困り果てた家族が断酒をさせるべく入院させたその専門の病院で命を失った。断酒のための治療が原因ではなく、心臓発作だったというが……。

加絵は子供たちのために、密かに雄二に酒の嫌いになる薬を飲んで貰おうと、考えた矢先に和代の話を聞いた。下手をして命に関ってはと、その思いは払いのけるしかなかった。

雨が降らない日が続いたことで記録を出し、その反動のように雨ばかりになった。まるで梅雨だった。秋の長雨もまた記録を出した。

白い壁に染みがある。持ち主の言った通り、そこに家具は置かなかった。秋の長雨に入って気がついたときは、単なる染みだったそれが、墨をぶっかけたようになっていた。

ふっと厭な予感に襲われる。加絵は忙しさを口実に、気がつかない振りをして何日か過ごした。黒い黴はいつの間にかその上を白い雲が覆っていた。気味の悪いものを怖々と見ては距離をおいてまた見てしまう加絵だった。加絵は布を持って傍に寄ってみた。手が出せない。

勇気を出して拭き取ったとしたら、壁そのものも一緒にべりっと剥れてしまうだろう。悪魔が引っ掻いた爪跡か、と思われるその爪跡が中央に入ったまま、それは日を追って大きく育っていった。

気になる箇所はそこここにあった。柱とか窓枠などもじっとりと汗をかいていた。どこもかもがじんわりと湿った肌を持っている住いなのだ。新しい戸棚も開けると黴臭い。加絵はまめに熱湯で拭いた。無駄だった。とりたてて、鼻がいいと思ったこともない加絵だが、それが特技かと思うほど臭いに敏感なのを知った。加絵はそのような自分をもてあました。そして、近眼の目までが妙によく見えるようになっている。電灯の下がるコードに白い黴がかかっていた。それを見つけたとき、加絵はまさかと思った。眼鏡が曇っているのか、とレンズをよく拭いてみる。やはり、雲が湧いたみたいにもやもや見える。棒の先で取ってみた。次第に大きく育っている黒い黴の上を覆っているそれと同質のものだった。そのような場所に蜘蛛が巣を作るのは加絵も知ってはいたが、ここには蜘蛛も棲みつかないのか、と加絵は愕然とした。

真は保育園からおたふく風邪をもらってきた。漸く友だちもできたところなのに、当分は休むしかない。加絵は大事をとって、店への通勤を断念した。医院は近くにあったが、雨なので往診してもらった。いつまでも高い熱が下がらないので、医師は午前と午後の二回廻ってきて、太い注射を打った。喉が腫れ上がり、飲みものどころか唾も通さなくなった。ただごとではないことに気づいた加絵は、大学病院に真を連れて行った。特効薬だ、高貴薬だ、と注射だけに専念する町医者に不安を感じたのだ。

こんな危険な状態になるまで……、と言われ、真はそのまま入院させられた。加絵は震えが止まらなかった。検査の結果、黄色性葡萄状球菌とやらが喉の壁に貼りついて、それが悪さをしての熱だとわかった。

住居のせいだ……と加絵の思いはまっすぐ黒い黴にいく。黒いとはいえ妙にふかふかしたものが、その上を覆っていたのだ。あのふかふかしたものの中に、黄色性のものが混じっていなかったとはいえまい。壁の黴と喉に貼りついた菌が同じかどうか分からないが、加絵は一途にそのせいにした。あの壁のすぐ傍に真とひとつ布団で寝ていた加絵である。無神経過ぎたといくら悔いても悔いたりない思いの加絵だった。しかも、真を壁側に寝かせていた。怖いものから眼を塞ぐのではなく、立ち向かっているような思いで真をしっかり抱いて、じっと視つめて眼を離さなかった。あの黒黴を背にするのはもっと怖かったのではないか。

北向きのマンションを平然と借りた。心地よい風に騙された。なぜかあのときだけ、日当たりのことに意識がいかなかった。それまでは、子供の健康第一でそれを重視していたのに、あまりに軽率だった。加絵は取り返しのつかぬ思いで、ただおろおろした。

細すぎて出てこない真の静脈にやっと点滴の太い注射針が入った。青白い腕はすでに特効薬や高貴薬の注射の針の跡だらけで紫に腫れあがっている。真はどうにでもしてくれとでもいうように、ベッドに体をあずけ、辛うじて呼吸をしている。鼻から空気を吸うという当たり前のことが、真には困難になっていた。鼻腔も喉を侵した菌と同じもので膨れ上り、空気の通り道をふさいだ。外から見た限りでは、鼻は腫れているわけではない。病み疲れた顔にいつもより高くなった鼻がつんとしている。それを見守っているだけの加絵は、やり場のない憤りで身を震わせていた。

豊や歩、万里に対しても思いは同じだが、真には特に大きな引け目を加絵は負っていた。このような事態を招いて引け目は倍加する。この子を生むか生まないかを本気で考えたものだった。罪深く恐ろしいことを、悩んだ挙句に決意して生んだ子だ。生む以上は断固幸せにしてみせる……今はそれを反古にしているではないか。それ以外どうすることもできなかったのだとわかっていても、父親から子供を引き離してしまったことは、すんなり割り切れるものではなく、後ろめたさとなって沈殿していた。

酒をのんで乱れるとき以外は、子煩悩なといえる雄二だった。末の子の真を自転車の前に抱えるように乗せて、よく散歩に行ったのではなかったか。真も出発ー、オーライと得意そうに大きな声をあげ、加絵に挙手の形をとってみせたりした。赤とんぼの歌を二人で合唱したり、雄二の大きな掌で頬を支えられて眠って帰ってきた光景も嘘ではない。

　どんな接触の仕方にしろ、長男・豊は父親との時間を真からみればたっぷり持ったといえる。その点、真はあまりにも父親との時間が少な過ぎないか。まだ、学齢前なのだ。真が望んだわけでもなく、真の都合ではないのに、子供たちは自分で親を選べず生まれてきた……。それと同じ理不尽さ……。何の責任も取らず子供への押しつけだけを強行してきただけの母親ではなかったのか？

　加絵はどうしても真が不憫に思えてならないのだ。子供の中で一番幼いということだろうか。波瀾万丈とわかっていてこの世に送り出してしまった故だろうか。しかし、雄二は最初から、酒乱だったわけじゃない。仕事先や、互いの実家やらの関りの中で酒乱になっていったのだから。酒乱でない父親を、真は知らない。万里は呑まないときの父親をどれくらい記憶にとどめることができるのだろう。

　兄が二人もいて、姉もいて、寂しい思いはさせていないつもりでも、父親への思いはまた別のものだろう。真は父親に逢いたいと思いながら、白い病室、白いベッドの上でじっとこらえているのかも知れない。真は安住のできない暮らしの中で身につけてしまったのか、思いやりがあり過ぎる。父親を取り上げてしまったその母親にさえも、おかあちゃん大丈夫？

自分に付き添ってくれている大変さを気づかっている。兄ちゃんたちにぼくのことあんまり心配しないで、って言ってね。こうして終始やさしく思いやってくれるのだ。加絵が罰を受け止めなければならないのに、真がその責めを負っている。理不尽としかいいようのない連らなりと空間の中に置かれ、何で痛めつけられているのかわからないのに、与えられた情況の中で真は堪えている。心配させまいとしているのか、つらかろうに、決して苦しいなどとは訴えない。白一色で包み込まれてしまった真。真はだるそうに眼を閉じたままだ。もう、眼を開こうとしない。絵を描くことの好きな真は、今、この病室の中で何を描いているのだろう。ジュワンジュワンと歌いながら新幹線を描き、飛行機を飛ばしながら、空色のクレヨンを握っているかも知れない。

危機を脱して、遠くの世界から、今戻ったよ。というように、真がにっこり笑って見せた時、加絵はトイレに駆け込んで思いきり泣いた。

病院とマンションの行き来は、片道二時間近くはかかった。真が消灯後寝入るのを待って、加絵は子供たち三人の待つマンションへ直行した。一秒でも惜しい。真と離れ難く、上の子供たちといる時間を少しでも多く持ちたい気持ちだけで動いた。帰りの電車の中では坐っていられず、電車の走る方向へと、いつの間にか歩いていた。万里などすでに寝ていたりするが、母親の留守を守る子供との僅かな時間を過ごし、留守の間の食事のことや洗濯を済ますと、翌朝は真の目覚める前に病院に戻った。

周りの患者に見舞い客がくる。人と人の繋がりを見ないわけにはいかない。真と加絵はそれを横目でみている。真が生命の淵を彷徨ったというのに、真の父親に知らせもしなかった頑なな加絵、そんな自分に眼を据える加絵だが、真から、その心を覗かれたくはなかった。父親のことには触れようともしない真、病んだ体をもつ幼い魂のありように加絵は胸が痛む。半月の病院生活が終って真は兄や姉たちの住いへと戻ってきた。

心ばかりの祝いの膳を囲んだ。誕生日と同じにデコレーションケーキも用意した。ローソクの火を消す真におめでとうの拍手が湧いた。思えば上の三人は同じ保育園に通ったが、真だけが、大好きな先生や仲の好かった友だちから、もぎ取られるようにして違う場所に引き据えられてしまっていた。はにかみながら真はジュワンジュワン走るうと新幹線の歌を唄い、病みあがりの顔にも艶がさしてきた。はしゃいだあとは、子供四人の寝息の合唱だ。三日ほど眠り通したいほど眠いのに、加絵は眠れなかった。一つの障害を乗り切ったという気負いと、安堵が神経を昂ぶらせているのだった。

黒い黴も加絵を眠らせなかった。黒い黴はますます威力を発揮して大きくなっていた。子供たちの上にさらに何かが……という予感に加絵は怯えた。真を背にして今は寝ている。黴から真を守らねばならない。少しでも近づけたくない。

加絵は虚ろな思いでその黴を見続ける。全身の肌が粟立っている。

その翌日は日曜だった。長いこと休んでしまった仕事場へ行かなければと思いながら、あまりに子供たちの晴れ晴れとしたさま、その喜びに、それぞれが健気に頑張ってくれた褒美としても、今日の一日は何も考えず、思い切り子供たちと過ごそうと決めた。

真が覗いている窓の向うで、キャッチボールをしている豊と歩、グローブに吸い取られる手ごたえのある規則的な音が快い。その草紅葉している原っぱの隅っこで万里は独りしゃがんで草の中に手を入れている。何か小動物でもいるのだろうか。生き物大好きの万里だ。傍に行って見ようと、真と手を繋いで窓から離れようとしたとき、悲鳴が上がった。歩の声だ。歩は近くの医院に豊の背におぶさって行く。縛った手拭いは血で真っ赤に染まり、その膝を抱える加絵と、子供たちはぞろぞろと声もなく歩く。幸い、日曜でも医師はいた。

ビール瓶のかけらで膝をばくッとやってしまったのだ。ボールを取ろうとして勢いよく転んだので傷は深かった。骨が露わになったが、骨のほうに異常はなかった。ほっとしたのも束の間、この辺は破傷風では日本一と言われるぐらいの所だからなあ……と言う。破傷風の予防注射は受けていると言っても丁度期限切れのところだし、今夜ひと晩が峠です。熱が出たりしたら、すぐに知らせるように。と言われ、みな、また、声もなくマンションにと歩いた。豊の背に歩は背負われ、左足は痛々しく白い包帯が厚く幾重にも巻かれていた。その包帯の脇に万里と真はぴたっとくっついて歩いた。

晴れの日は一転して暗雲が立ち込めてしまった。

歩はみなに見守られながら、元気そうに振る舞っていた。痛くないはずはないのに、健気過ぎないか。加絵は歩の気丈さをみる。笑い声は大きく、おどけてみなを笑わせている。心配させて悪いな……という精一杯の思いが発してのことだろう。家の中で遊べるトランプや双六、真が保育園でもらったカルタ取りに興じ、お正月がきたみたいだね、と歩を取り囲んでいた。おやつは景品となり、果てはジャンケンポンして賑やかな取り合いとなる。

みなが寝静まったあと、今夜も加絵は眠れない。

黴の威力は加絵をせせら嗤うように、墨を流したような黒の地図の上にふかふかと魔法の煙でも出しているように蠢めいている。この黴は、夫雄二の手による回し者？　それでなくてどうして二人の子供が思いがけないことと出遭うのか。雄二の執念、子供への愛着、それが酒乱の様相を示すときと同じに歪んで現れてしまうのではないか。あのビール瓶のかけらが、ぱくりと口を開いて歩の足をばっくりやった。そして、この黴もその証拠。加絵は共に暮していたとき、その雄二にどれだけの抵抗を試みたろう。何も出来なかったのではないか。

酒が入らなければ温厚で物分りがよいと言えるような人だから、そんな時、酒乱の時の状況を話し、子供たちのために……と訴えたかったのに訴えられなかった。そのことで、更なる酒乱を引き起こすのが怖い。やさしいときはそのやさしさを享受していればよいとはいえないのに、もし、これが本当であってくれたらよい、と受け入れる。酒乱というのは、ただ忌わしい悪夢と思いたい。今更でないのに、二重人格というか、外面と、家面の、その格差にあっけにとられているだけで、手の打ちようがなかった。

隣、近所も、それぞれの実家さえも雄二の裏の面である喚き立てる怒号を知ることはない。外では決して乱れないのだから、知りようがないのだ。町中に聞えるような拡声器を取り付けているわけではないし、孤立しているわけではないが古い土蔵に挟まれている住居が生活の場だった。加絵は、飲めない酒を雄二に負けずに飲んで、先に酔っ払い、大声で喚いて、雄二以上の罵詈雑言を雄二に浴びせてみたら……と何度思ったことか、それが出来ない故に雄二の酒乱を赦した形になっている。と、自分を責めていた。やることはみんなやってみての結果というわけではなかったのだ……と。むしゃぶりついて、酒飲むな、と懇願してもいない。雄二がアルコールのエキスを大きな足から滴らせながら、梯子段を軋ませ、更に膨んだ仁王に変身して上がって来るとき、あのぎらつかせた大きな目玉の前に加絵の二本の足をぶらんとぶら下げておき、どしんとぶつかってやる。仁王がぎょっとして、足を踏み外しそうにして上を見上げたら、加絵は天井の梁から子供をおんぶするときのおぶい紐、晒しの木綿、腹帯のときにも使ったあの四代使った紐に顎を乗せていて、にんまり笑ってやる。すでに、長い舌を出してはいるが、赤んべえもしてやろうと何度思ったことだろう。実践しないままに別居とか離婚という形を取ってしまったが、あれをしていたら、こうまで執念深く追ってはこなかったかも知れない。黒黴になってまで……。そして、ここまでビール瓶のかけらを投げては寄越さなかったろう。

加絵が家出という断行に及んだことによって、子供の二人までも犠牲というか、生贄というかを出してしまった。次は誰の番だというのだ。加絵の神経の昂ぶりは黒黴以上のおぞましさを発揮して、とどまることがない。加絵の眼は歩を凝視してやまない。歩の額に掌が載せられている。この掌と、歩をじっと見詰めていることで熱が噴き出してくるのを抑えこんでいる加絵なのだ。歩に何かあったら、絶対赦さない。誰を……子供の父親も、加絵自身をも。何かあったらどうしてくれよう。

気がつくと夜が明けるのか、窓のあたりが白々している。

歩は峠を越していたのだ。熱は出ないですんだ。加絵は漸く気がついた。破傷風という恐ろしいものから逃れることが出来たのだ。身の裡に大きな喜びが貫いて走った。どっと涙が溢れてとどまることがない。声を上げて笑い、狂ったように泣いた。

万里が起き出してきて、加絵にむしゃぶりつくようにして言う。歩兄ちゃん大丈夫だったんだね。加絵の顔を見て、涙が込み上がってきたのか、両手で両の眼をこすって泣いた。加絵は万里を膝の上に乗せしっかり抱いた。よかったね、よかったね。万里の耳元で囁いた。

加絵はまだ滂沱の涙を流している。それは万里の顔に流れていき、万里の涙と一緒になって万里のパジャマの膝を濡らした。

おかあちゃん、歩兄ちゃんのは怪我だから、あの黴のせいではないんだよね、だから、この家は引越さなくってもいいんでしょ。そうだよ。加絵は頷きながら、こんな幼い子でも、居場所……安定する場所を求めているのだ、安住したいのだ……。自分がしっかりしなければと強く思うのだった。

万里はだっこされたまますうすうと鼾を立てていた。

黒黴は相変わらず中央に悪魔の爪跡の引っ掻き傷を見せながら、そこここにあり、ふかふか蠢いているさまもなんら変らないのに、加絵にはもうまるで怖いなどの思いは消えていた。と、黴がするりと加絵の中に入り込んでしまったのを目撃した。いや、飲みこんだ感触があった。加絵は、こうして黴が体の中に入ってしまったのだとしたら、なおのこと、怖いなどいってられないのだと頷いていた。

黴が背中に貼りついたのだとしたら、怯えるかも知れないが、真正面から入ってしまったのだ。異質な感じはない。またたく間に加絵と同化していく。加絵が黴になっていた。しかし、やはり黴は相変らずある。悪魔の爪跡もそのままに。加絵の内部をこの壁に映し置いたというのだろうか。だとしたら、これは加絵自身が引っ掻いたもの……そして、悪魔は加絵？　あの、仁王の、豊の、ぎらついた四つの眼も、加絵の脳裏に焼きついてはいるが、それらすべては加絵自身の裡から出たものかも知れない。

　窓のカーテンを通して今日もよい天気だぞ……と天空からの声がしたような気がした。歩も、真も最悪の事態から免れることができた。二人とも少しの間は大事をとらねばならないとしても、育ち盛りだ。回復は早い。


　しばらくぶりの店への二時間の通勤距離は遠く感じた。漸く加絵が店に着くと、和代の姿はなく、店はひっそりしていた。見習いの娘が、どうしたものかと逡巡したあとの一呼吸したあとのような声で、加絵に訴えた。和代さん店を出すことになって、お客さんに、ビラ配ってました。それにうちのお客さま名簿は持っていってしまいました。和代さん、もう来ないと思います。開店前の忙しさに追われるそうです。何もかも先生は知っていると和代さんは言ってました。しっかり留守を守りなさい。ほかの二人の見習いは和代について行ったという。

　想像を絶する事態に目の前が真っ白になる。目の前にいるこの娘は蝋人形でもあろうかと、虚ろになった心でぼうとみる。この見習いの娘の真面目さは和代以上だ……と加絵は思い、自分を支えるために店内を見廻した。店の薄いブルーの壁全面が、急に黒黴に覆われ、悪魔の爪跡がそこここに現れた。

そのとき、加絵の立つすぐ脇のレジのあるカウンターで黒電話が鳴った。加絵は、すずらん美容室ですと受けた。加絵か。お前は男を作って逃げたと評判だぞ。雄二の勝ち誇った声だ。昼間から飲んでるんですか……何をほざいているんです。四人の子供の母親ですよ、わたしは。

加絵は心の中だけで答えて受話器を置いた。

鉄瓶

母千佳が逝ったのは十年前である。眼を閉じた先に、千佳と姉春子の姿を並べる。その春子が今七十三歳であと十年で千佳の逝った年になる。

向うに見える二人はどちらが千佳なのか春子なのか見極められない。千佳は秋子より背が低かったし、春子は長女でのどかに育てられたせいか、女にしては背丈がある。見分けられないはずはない。

この二人が見分け難いのは、やはり失明に向かって進行しているせいだ。緑内障とわかって治療を始めたのだから、ここで進行が止まってくれればよいのだけれど。

幼いときから母親譲りで近眼の秋子は、分厚い眼鏡をかけている。その眼鏡をかけてさえいれば何不自由なく暮らせる眼なのだから、不満に思ったことはない。しかし、ずっと昔の十代の頃、網膜剥離と診断されたことがあった。手術をしても視力は出まいと、手術からさえも見離され、絶望的になり、生きる張りを失った。死んでしまいたいとまで思い詰めたが、どこでどうスイッチを切り替えたのか……。これもやはり母親譲りなのだろう、変わり身が早いという利点を受け継ぎ、見えるうちにと点字の勉強を始めた。すり足探り足で、家の中を歩き、包丁を扱う練習もした。まな板の上に大根、人参、牛蒡が切り刻まれ、散らばった。あの時、失明という暗闇を受け止めていた。暗闇の中にはたしかな手触りがあった。その感触が頼りだった。そうして漸く覚悟が出来た後になって、失明から免れることができたのだった。医師からは珍しい例だと言われた。そんなこともありながら、老後まで持ちこたえてきた眼なのに。

秋子は朝起きると窓を開き、先ず空を見上げる習慣がある。それがいつ頃からだろう、晴れ上がった空を見なくなった。いつも薄墨を流したように濁っている。昔はこうではなかった。空は青く澄んでいた。公害のせいなのかねぇ。と、呟いてみて、ふと、景色が不鮮明なのは、寄る年波にはあらがえない自分の眼のせいなのかも……と感じられて、千佳が晩年に言った言葉を思い出す。

人はいっぺんに老いるものじゃない。少しずつ衰えていくものなのじゃないのかね。わたしの体はこんなにちっこくなって、秋子と、とんとんだったのにね。背中は丸くなる、足はO型というのかい、ああ、O脚ね、それになってさ、背中と足にカーブを描かれちゃ、寸も詰まるというものよ。眼だってそうよ、年を取ると暗くなるというか、あちら側へ行く準備なのかねぇ。この世が暗くなった気がする。耳も聞こえなくなった。

そりゃ母さん長生きする証拠よ。耳が遠い人は長生きするっていうもの、満更悪いことじゃないわ。

秋子は、すかさず、返事しやすいところだけを捉えての合い槌を打つ。

鼻もね、最近は匂わない。見まい話すまいの三猿に鼻は出てこないけど、わたしが四猿作ろうかしら、何も匂わないっていうのも加えたら酔狂じゃないかね。ひとつずつ抜け落ちて、人生楽ちん、ルンルンといきますか。この頃は口をきくのも億劫になっているし……。

それだけ喋ってよく言うわ、母さんが口をきかなくなるなんて想像もできないわ。

秋子は、思い出の中の、千佳の言う暗がりが、自分にも迫りつつあるのかと感じながらも、眼鏡の度が合わなくなっただけと思い決めた。珍しく、重い腰をあげ、その日のうちに検眼をするために眼科医を訪れている。どうせなら、と同じ病院で定期的に受けねばならない診察もすませることにした。わざわざ行く以上、気になっていたものは片付けなくちゃ。それっ、宿題々々と、軽い気持ちに変えて、スニーカーに小さなザックという出で立ちにした。

そして思いがけず緑内障と診断された。しかも初期ではなく回復不可能な欠損部分もたっぷりある。視神経がなんらかの理由で侵され消失してしまうのだそうだ。老化現象のひとつである白内障は、手術して見えるようになるが、緑内障はよくよくでなければ手術はしないし、例えしたとしても見えるようにはならないのだそうだ。この段階で食い止めることは出来るといわれても、すでに秋子は失意の人になっていた。想像もしていなかった事態に対応できないでいる。

ただ、怖い。

秋子はよく夢を見るがその夢も欠損部分は空白になってしまうのだろうか。となると、消失した部分が増えるにつれ、やがて夢はすべて空白になる……というわけ……。秋子の背中がぞくりとした。夢を見ても、見ていなかったと同じ、とか、まるで夢など見なくなってしまうとか。想像のつかない不安の中で、秋子は何を掴もうとするのか、両の手を前におずおずと伸ばし、宙にその手の平を、泳がせている。

若いときに直面した網膜剥離は、秋子にしてみれば全面が黒い世界、閉ざされた世界だった。が、物に触れれば手ごたえがあった。しかし、緑内障は空白……。なぜか白の闇。いや、白いというより、無、何も無い、見えない部分は、見えないだけでなく、消えていってしまうのだから……消えるということは、そこにあるものも無くなるわけで……と、秋子は宙に浮かせた手の平を、おぼつかなくひらひらさせる。何も触れてこない恐怖、その終りがこない脅えの中に秋子はいる。目の前にあるものはいつの間にか秋子の前から消えていく。そんな感じに捉えられ、そこから逃げられない秋子なのだ。部分的に欠落しながら、いずれ、すべてが欠落してしまう。そしていきつくところがあるらしい。その場所……そのいきつく先、に、落ちていくようような感じといったらよいのか。深くどこまでも深い底。果てのない沈黙と静寂の世界へ。

そういえば……と、秋子は何年か前に高尾山を歩いていたときに、山頂で狐につままれたような思いをしたことがあるのを思い出した。立札に、ただ「山」とだけある。頂上までできて「はい、ここは山です」と言われてもね、となんだか吹き出しそうになったとき、ちゃんと「高尾山」と現れてくれた。秋子はいままで忘れていたそんな記憶から、すでに長い時間をかけて、緑内障の道を歩いてきたらしい、と気づくのだった。

秋子は、急拠、身につけた自分でやる検査、今どこまで見えるのか……を、つい、またやっている。片目だけになって目の前のものを見る。眼の前にあるのはワープロの画面。画面左上半分、円を描くようにして字がない。字の型半分のもあるが、消しゴムで消したみたいだ。画面の三分の二が、打ち込んだ字の消失だ。もう片方の番、左の眼。画面すべてが現れてくれた。もわもわっとしておぼつかない所もあるが、ともかくも活字を打ったという証はしてくれた。点々と字がない部分もあるが……。次に両眼を閉じた後、再び同時に開く。よくしたもので、眼の機能は補い合って、まともそうに振舞ってくれている。先ずは見えるのである。ご安泰と思いたいが視野がせばまっている。画面の周りは黒い雲が押し寄せ取り囲んでいる。眼球に黒い隈取りができているのか。

それほど日常の中で不自由していないじゃないか。だから、なにも心配することはないのだ。そうだ、そうだと促され頷いてみたいのに、首を横に振っている。聞き分けのない子供のように。

秋子はほっとするために自分で決めた検査を重ねているのか。見えないというやりきれなさを味わうためなのか、自分でもわからない。

そして、また、つい、癖になっているのでやってしまった自己流検査、テレビを観ている孫を標的にして、秋子はテレビ側に立って、孫を見る。ぎょっとする。孫は一つ目の男の子。片方がのっぺり無い。つまり、顔の上部片方がもわっと消失しているのだ。歪んだというか、それは顔ともいえない顔。両眼を開いて、一つ目の怪物でなくなったことを確かめても、なおも頑是ない子供になっていたいと、まだ、ただいやいやをしていたいだけの秋子である。

この場に臨んでなにをオタオタしているのさ……誰でもない秋子自身の声。若いときに失明していたかも知れないのだから、これまで見えていただけでも有難いとしなければね。感謝感謝よ。

重ねての声だ。

首を緩慢に振りながら、もう、いくばくも生きられないのですから、追い討ちをかけないでくださいよ。と、情けなそうな声が続く。

緑内障です。と診断を受けた同じ日に気軽に受けた検診もまた、思いもかけない結果をもたらした。再発の恐れもなくなったはずの癌が、十年も経たというのに今度は残された乳房にもあるという。乳房が一つ目小僧と同じに一個だけ、それは片目で見ようが両目で見ようが、触れてみようが現実にそうなのだから、今更、秋子は愕きはしない。それがふたつとも抉られて洞だけ並ぶとなると、どう解釈してよいのかわからない。かっと眼を見開いて力強くしっかり見れば、何か見えるのだろうか。例え、幻想にせよ、ふっくりと小山が盛り上がってくるとか。

十年も前に摘出してしまった秋子の乳房、その先端についていた乳首、今は姿かたちもないのに、それがいまだに痛むときがある。乳房があったときと寸分違わぬ痛み。すでに存在していなくても残像というのか残痛というのか……もともとあったものが、今は無いものとして扱われるのを懼れるかのような。秋子にはまったく意味がわからないが、そんな事実を体は示したがる。

遠い昔、赤子に授乳していた頃。ピンクの歯茎に、真っ白い歯が顔を出し始めたむず痒さに、赤子は、歯茎で乳首をぎゅっと力まかせに噛んでしまう。ぎゅっぎゅと、痛いッ、と秋子。赤子はそんな母親を無邪気な瞳で見詰めながら、なおも強く噛みしめ、歯ぎしりまでして、離そうとしない。秋子はちっちゃなちっちゃな赤子の鼻をつまんで赦しを乞う。空に浮かぶ乳首の痛みと共に、自分もかつてはそんな若い母親であったのだ、と秋子は遠くに思いを馳せる。

宿題など放っておけばよかったものを、律儀に受診したばかりに。魔がさしたというしかない。知らんふりを決めこむか……。年をとってからの進行は遅いから、手術しないでもそのまま死ぬまで共存していける、と聞いたこともある。暴れないで大人しくしているというのなら、癌と仲よくなってしまえばよい。

何はともあれ、癌は癌。癌で逝く最後まで、この眼に光を……。例え、視野がまだらでもぶちでも結構ですから……。秋子は誰にともなく呟いていた。

晩年の千佳はよくお茶で眼を洗っていた。千佳は決めたことは欠かすことなく断固としてやる。きちんと日常化していく。食事のあと、番茶を啜る。その番茶を眼洗い専用にした茶碗にも注ぎ、ピンポン玉ぐらいに丸くした脱脂綿をその茶碗の中に浸し、それを割り箸で挟み、持ち上げ、ふうふうと口をすぼめて風を送る。熱さを加減して眼に当てがう。ぽたぽたと茶碗に雫を落として満足そうだ。ああ、いい気持ち……湿り気を帯びた眼を、細くして秋子を見ながら、これでわたしの寿命も延びるというものさ、と涼しげに言う。

わたしは眼の性が悪いのよ。涙はすぐ出るし、何の取柄もありゃしない。親譲りだから諦めが肝心。わたしの母親ませさん、知っているだろ、眼をしょぼしょぼさせてこうしていたものだよ。この頃では雲がかかってきたりして、風流なことでございます。ませさん年を取ることはそういうことなんですよね。

まるでませさんと話しているように、頷き合っている。秋子の前に可愛い老女が二人仲よく並んで坐って、茶色に染まったピンポン玉を持ち上げてはふうふう吹いているのが見えてくる。にやにやしながら、秋子はその光景に自分を添え、ピンポン玉を三つにして浮かせてみる。

つい、千佳の言うことを聞き流していたが、何ということだ。今なら多少の知識もあるので白内障だということぐらい分かるのに、あのとき、いくら何でも分からないとはいえ、やさしさの片鱗もない配慮不足、眼科医へ連れていこうともしなかった。

千佳は何も要求しない人で、流れのままに受容していた。何もかもをすんなりと。それと、思えば千佳には説得力というものが身についていたのかも知れない。そうだそうだ、そうかそうか、と、千佳の言うことは間違いないとして、何ごとも素直に聞いてきた秋子というい い年をした娘も、見えてくる。その延長で、今もまた、年を取るということは……と頷いていた。千佳の言うことはまともだ。秋子の老いの姿は千佳に重なっていく。

生涯を健康で過した千佳だったが、最晩年になって一度だけ入院をした。医者知らずと自慢していた千佳だったから、さぞや、無念だったろう。

母さんごめんね。すぐ飛んでこられなくて……。

病室の白いベッドに横たわった千佳は、遠くを見るような眼をして秋子を見た。心ここにあらずなのか、ろくに見てくれようともしない。どうしたの母さん……声を出そうとした秋子の口を封じるかのような千佳の穏やかだが妙に無機的な声が頭のてっぺんに突き刺さる。

どなたさんですか。

えッ、秋子は息を呑んだ。

何をいってるのよ。そんな……。忘れられるほど逢わなかったわけじゃないでしょ。

慌ててそれでも秋子は笑いながら言う。

あなたはどちらさまなのですか。

突き離したようなよそよそしい声である。

嘘でしょう。母さんふざけてるんだ。何怒っているのよ。

千佳はぷいと横を向く。取り付くしまがない。抑揚のない棒のような声は千佳のものではない。迎合したような泣き笑いの秋子、その泣き笑いは、秋子の顔からすうっと引いていく。

何が何だか分からないまま、夢中になって千佳に縋って揺すっている。が、千佳はかたくなに横を向いたままだ。秋子の知っている母親の姿ではない。

付添婦が秋子の肩に手を触れてきて、時々こういうときがあります。と慰め顔でいう。秋子は取り乱していたらしい。千佳の顔を撫でまわしたり、頬におでこに唇を押しつけたり、日本人らしからぬスキンシップに余念がなかった。そうしているうちに、千佳は吹き出すのではないか、いつもの母さんどこにいったの……と。どのくらい病室にいたのか、いくらもいなかったのか。

あのしっかり者の千佳が、惚けるなどと……何かの間違いだ。それにしても、あそこに漂ったひんやりした空気は、秋子がいままで経験したことのないものだった。

遮断……何から……千佳は秋子との間に何を置こうとしたのか。寄せつけなかった。まるで氷壁。透明なその向うに千佳は氷の女王になってすましこんでいた。

秋子を見て他人と思ったのか。それとも秋子を他人にしたがっているのか。秋子は二本の足では自分を支えきれない。歩けない。まだ、病院なのか、外に出たのか、それもどうでもよいことのようにへたりこんでしまう。

自己主張こそしなかったが、千佳は芯の強いところがあって譲らないものは譲らないといった信念を持っていた。人を当てにすることなく自分に引き寄せ、何でも処理してしまったのではなかったか。

マメな人でいつも何かしていた。手を動かしていないことはなかった。針を持って靴下の穴をかがっているとか、編み棒や鉤針をいつも動かしていた。千佳の周りには端切れやら、毛糸玉の大小が転がっていた。色とりどりの中に囲まれ、まるで花園に遊んでいるようだった。すべて廃物利用で、今の言い方だとリサイクルしていた。袋物や座布団、クッションなど見事な作品が生まれ、みな貰われていった。おばあちゃんってセンスいいよね。この色の組み合わせ。孫たちに褒められていたものだ。カラフルなそれぞれの作品のさまざまな色の中に、秋子が幼いときに着ていた毛糸のワンピースもあった。それはみかん色。編みあがって、千佳から、どれ、似合うかな、と着せられたときの嬉しいような恥かしいような気持ちをよく覚えている。ふっくらあったかく、新しいお日さまの匂いに包まれる。むっちりした指たちでしっかり持ったみかんを、新しい服になすりつけたり、お腹に向けてぽんぽん叩いたりしながら、おんなじい……と大好きなみかんと服の色がそっくりだとはしゃいだのが、昨日のようだ。千佳にとってのリサイクル、古毛糸で編みこまれた中には、思い出と我が家の歴史がいっぱい詰まって、モザイクのようである。それは、芸術品だ、と秋子はひそかに感嘆していたものだ。

そういえば、千佳はデパートに買い物に行くときはいつでも、和服に着替えて出かけた。デパートで展覧会など催していたりすると、そちらを一巡して、気がつくと何も買わずに帰ってきてしまった、と笑っていたが、どこかで充たされたような顔をしていたものだ。それはまた、千佳にとって唯一のおしゃれのときでもあったろう。

そんな千佳も、いつ頃からか手先のことをしなくなった。花園を作らず、作らないからモザイクの完成もない。すっかり疲れやすくなって……根気がなくなったというか、自分で認めるのもなんだけれど、気が失せました。

へえ、母さんがね、母さんにしては弱気なことを言うじゃない。秋子は大して気遣ってもやらず、受け流した。秋子が知っている千佳はそこまでだった。それからどれくらい経ってからか、千佳は寡黙な人になったという。それから急激に変化していった。


それを秋子が知ったのは千佳の弔いのときだった。

夫に死なれ、その日暮らしをしてきた千佳は、優しさだけが取り柄の一人息子、正夫とうまが合う。それをよいことに、春子も秋子も正夫夫婦に任せ切っていた。時々長逗留という形で千佳を引き受けたということはあったものの。

父親に似てギャンブル好きの正夫は、それが禍し、いつも経済的に不如意だった。春子も秋子も正夫にではなく千佳のためにどんなに無理をしても援助してきた。息子に丸め込まれ無心してこなければならない千佳の心中を思ってのことだった。正夫の妻への世話になっているという詫びも含まれる。何かというと正夫を庇いたてる千佳の姿は痛々しかった。長い間には、千佳に一人暮らしをさせたいと思ったこともあった。それは千佳が口にしたわけではなく、そう望んでいる気持ちが伝わってきたからだが、実現しなかった。結局、秋子は千佳のために何もしてやらなかったのだ。

　千佳が古くから使っていた鉄瓶、嫁に来た頃のものだという。湯を沸かそうとガスにかけたまま忘れた。七時間も……。家族は勤めやら学校で、日中、家にいるのは千佳だけになる。鉄瓶は真っ赤になって透き通っていたという。鉄瓶でなかったら、また、周りが整然としていなかったら、とっくに引火していたろう。アルミの薬缶だったら、すでに家が火に包まれていたに違いない。たまたま春子が千佳を訪ねた。戸を開けた途端、異様な臭いに春子はのけぞる。間一髪、待ったなし。まったくの度忘れだったらしい千佳の姿がそこにあった。

　その件は、それだけですまなかった。それから派生したものが、千佳を死に追いやったらしい。春子の話では、その後、千佳は竦(すく)んだように自分の中に閉じこもってしまった。家族の誰とも口を利かなくなった。呑まず食わずの千佳に音を上げ、正夫夫婦も春子も、病院に任せるしかなかったろう。千佳は自尊心の強い人だから、よほど身にこたえたに違いない。

　丁度その頃、秋子は乳癌の手術を受けていた。春子や正夫にいたわられる形で、千佳のことについては外野席に置かれた。、だから、千佳が急速に痴呆になってしまったということも知らなかった。千佳の方にも、秋子の癌のことは伏せたという。老齢の母にショックを与えないために。秋子が自分のことにかまけている間、千佳に向けての時間は空白。そこに鉄瓶の一件から始まる一連の事実が閉じ込められていた。

秋の空、高く澄んでいるはずなのに……。秋子は玄関先に出て、やはり低く薄墨色になっている天空を眺めていた。秋のひんやりした空気に誘われて、外の爽やかさの中に身を置いてみたくなったのだ。その気になれば、薄墨色の空のもっと果てにある蒼く透明に耀く空が見えるかも知れない。そんな奇跡が起こるはずはないとわかっていても、両方の眼を出来るだけ大きく見開いてみたり、細めたりしながら、遠くの遠くを掴まえる目つきになっている秋子だった。

間がよいというのか、まるで待ち構えていた……いや、おびき寄せたかのように、急に秋子の前に郵便配達の赤いバイクが停まった。予期していなかった秋子は戸惑い、つい、恥かしそうな手の出し方になる。今どき珍らしい渋紙に、麻縄で括ってある小包で、それは重かった。秋子は思わず、胸に抱き取っていた。

差出人は十年前にこの世を去っている千佳。紛れもない千佳の筆跡を見た途端、秋子の眼は瞬時、空を泳ぎ彷徨った。

何これ？　どういうこと……。

時を見計らっていたかのように、黒い電話がなった。春子からだった。

愕いたでしょう。私もびっくりしたのよ。それでさ、私のびっくりを、秋子にもね。

どういうこと。今受け取って……。母さんの字よ。まさか、あの世からのもの……。

私だって変な気持ちよ。実は十年前の、ほれ、出火寸前の鉄瓶事件を起こす前のことよ。

ひとつに纏めたから受け取ってね、って母さん強引だった。昔のお茶箱、あの大きなあれよ。

お茶屋さんで分けてもらったっていう、ほら、中がブリキ張ってあるの。仕方ないから赤帽さんに運んでもらって、物置の奥に仕舞い込んだまま忘れてててね。私も年だから、余分なもの処分しようと開けてみたら、母さんの匂いよ、樟脳の。慌てて蓋を閉めてから、そうそう、あのときも、この匂い嗅ぐのいやで、中のものろくに見る気もしなくなって、蓋をしたのを思い出したのよ。だから、今度は申しわけなさもあって、ちゃんと中を見てみたの。上に覆ってある唐草模様の風呂敷とってみたらさ、「春子さんへ」って封筒がおかれてて……。

春子さんあなたは洋裁やってるし、アヽイヽデヽアルある人だから、この私の着物たちを、びっくりするものに化けさせてやってください。って書いてあるのよ。ほら、母さんって、ときどき知ったかぶりの横文字言葉使っていたでしょ。アイデアのことなのよ。春子はアイデアルのある人で羨ましいよ、ってよく言われていたから、私には分かるけど、ほかの人には分からないわよね。そのうち、「愛である」って意味で言ってたのかなって気がしてくるから不思議よ。よそ行くときは、きちんと着物きてた人よね。普段はアッパッパみたいのしか着ていなかったけど、しゃきっと帯締めた母さん私好きだった。母さん嫁に来るとき持ってきて、戦争のときも、あちこちに荷物だけの疎開しておいて助かったんだって。もっとあったけど、お米に化けたのよ、戦後の食糧難で物々交換したからね、それで何とかみんな喰いつないで生きてこられたんだよって自慢してた。

昔のものは何十年たっても着られるから不思議だね、はやりすたりもないし。そうは母さん言うけど、それは母さんが思ってるだけのことよ。流行は流行よ、って言いかえしたけど……今こうして見直してみると、その斬新さに愕くよ。関心がないときは、いいもの見たって気づかないけどね。

母さんのお宝の着物や帯の包みの下に、その小包があったのよ。秋子宛だし、すっごく頑丈で厳重だから、そのまんまで送らせてもらったわ。ごめんね、十年も放っておいて。

本当はね、疲れるから私、洋裁は止めてるのよ、細々だけど「洋裁いたします」の看板、結構支えになったわ。母さんの言う通りだった。手に職つけておいてよかったって、何度も思ったもの。その看板おろした途端のことよ。まるで母さんに続けろって言われてるみたい。千佳さんの気持ちに応えなきゃあ。秋子にも似合いそうなのアレンジしてみるよ。今、もりもりアイデアル湧いてんのよ。何しろ、金紗とかお召し、縮緬、大島紬。いい物ばかり。いつにない春子の元気いっぱいの声。長い電話に疲れも見せない。千佳に命を吹き込まれたみたいだ。

大きな茶箱ひとつにこの小包か。受け取ったときは重いと感じたものが、今は軽いものとして膝の上にある。樟脳の匂いが漂っている。丹念に麻紐をほどく。千佳がやっていたように、包み紙の皺を伸ばしたたみ、その上にほどいた紐を束ねてのせる。

おもむろに手紙を取り上げる。紛れもない千佳の字だ。堂々として大きい。老いてますます充実している。若い字だ。母さんいつもこんな大きな字を書いていたかしらん。これなら読みやすいと思いながら読み始める。普段、字を書いたことのない千佳は、書くとなると硯を出して墨を擦っての毛筆書きである。うまい字というわけではないが、そこには、明治の女という意地が潜んでいる気がする。春子や秋子が使った、角がめくれ返っている古ぼけた字引を、必ず横に置きながら字を書いていた。

「秋子さんわたしの眼、だんだん見えなくなっています。暗い世界になっていきます。春子や正夫には心配させるから内緒です。家族とは必要以上に心配するものです。見えるうちにしておきたいこと山ほどあるのに、もう、体がいうことをききません。でも、何かやっていたい。後がないと思うと余計そう思うのかね。いつか、秋子さんがやっていたこと羨ましくって。ほら、捨てるの勿体ないからって、子供たちの使い古しのクレヨン山にして、わたしを描いてくれたでしょ。それ真似したくなりました。わたしもわざわざ買うわけでなし、孫のが山ほどあるし、まだ使えるものを、捨てられないという性分はいいのか悪いのか。最後まで活かしたい、活かさなきゃ……。クレヨンもわたしに使われたがっているみたいで。きっと貧乏性のわたしに味方してるのね。鏡みるの恥かしかったけれど、どうせ、ろくすっぽ見えない上に、生きた化石よ。この顔。描いても描いても似てきません。何でも自己流。これまでやってきたのと同じに工夫第一。今度は似るかしらと思って描いていたら、枚数たまってみんな他人さまです。恥かしいのに捨てる気になれなくて。秋子さん貰ってください。百人いいえ、百枚描けば一枚ぐらい似たのが……と思うけど、もうこれまでです。クレヨンはまだ残っているけど、もう、自分でない自分になる勇気がなくなりました。でも、この絵たちがね、今、一番の話し相手です。千佳より」

母さん、そんなに眼が見えなかったんだ。秋子は胸を衝かれる。思わず胸に手を当てていた。その手を絵の束に移し、一枚一枚手にし、見終わったとき、秋子の周りに絵たちが群がった。見えない見えない、と、言いながら、皺の一本一本まで描いている。髪の毛も。この線たちから、千佳の一生懸命さが伝わってくる。この線は、いつも手にしていた鉤針で引っ掻いたに違いない。千佳の思いがこもっている。ちゃんとした画用紙に描かれたものではない。ベニヤ板の切れ端や、菓子折りの蓋など、大きさもまちまち、縦長のもの、寸詰まりのもの、正方形だったり丸いものもある。そうかぁ、わさび漬けの蓋だ。これは桐、あっ、素麺の蓋、ひょろ長い。材質もまちまちな平面に、千佳の首から上だけが、克明に描かれている顔、顔の群がり。

ほんとはね、と、千佳の声がする。自然が好きだから、景色描きたいのよ、でも外に出るには、もう、足がねぇ。それに、わたしが留守番してないとね。それと、勝手に出歩いたら心配させるだけだし。それと、日常というものはこれでなかなか制約があるものよ、この年になってもね、と続く。秋子は傍に千佳がいるかのように、頷いている。そうだな、これにかける時間を生み出すからには、煩瑣なことをうまくやりくりしたのだろう。まして、朧にしか見えない眼を、悟られないように振舞っている。動作は緩慢だ。時間はかかる。千佳さんのことだから、家の者への、奉仕精神には限りがない……。

千佳から、自分には似ていないと言われていた絵たち。でも、秋子から見ればどれも千佳である。稚拙ながら、渋く燻されたような絵。よく見ていると、そこに立ち現れてくるのは、祖母のませさんであり、その連れ合いや、千佳の姉や兄たち。気がつかずして、千佳は亡き人たちを呼び戻していたのではないか。描くときに、ませさんや父親を思い出して、在りし日を懐かしんでいたとか。

見えなくなるのを懼れて、描かずにはいられなかった千佳の思い……。なにやら迫ってくるものがある。似なくても、捨てようとしなかった……続けた……下手とか上手いは、どうでもよかった、ただ描いていたかった。クレヨンをしっかり握るから、指先がいろいろに染まっている。爪と指の間にも、赤だの黒がこびりつき、入りこんでいる。その手でこすったのだろう、色白の千佳の顔まで、まだらに染まっている。その執念に、秋子は打たれる。諦めるのは誰にでもできる。千佳は諦めない人、百枚も描こうとしたのだ。いや百枚になっていたのだ。拍手を送りたい。

そういえば、葬式の席で正夫が口にした言葉……。

母さん惚ける前になにか隠しごとしていたよ。あれも惚ける前兆だったのかね、と。

不意になにかが、はじけた。秋子に閃いた……。それはある直感。

千佳はほんとうは惚けていなかったのではないか。

装った惚け。それが晩年の千佳の生きる手立てだった。千佳は失明のほかにもうひとつ、死という暗闇も受けとめねばならなかった。その果てに、心の奥底から突きあがってきたものに気がつく。忠実にそれに答えようとした。それが何かをし続けることだった。そして、絵に繋がった。見えなくなる前にもろもろの闇を引き受けるにしても、悔いのないように、暗くなってしまう前にという焦りが、千佳を充実させた。これだけの集中になった。見えている限り眼を使いたい。針仕事は無理。幼いときの光景が、千佳のうすぼんやりしか見えない眼に浮かぶ。筒袖に膝までの絣の着物を着せられ、赤い三尺で結ばれた蝶ちょが背中で踊っている。赤い鼻緒の下駄はちびていた。まるこさんが乙かいて、一銭もらってアメかって……と、歌いながら地面の上にしゃがみこんで棒切れで描いたのが懐かしく蘇って、久し振りに千佳は和んだ思いになれたに違いない。そんなふうにして、千佳は残り少ない時間の中で、そのときにしか出来ないものと出会えたのではないか。

人はそう簡単に変貌できるものではない。しかし、千佳にはそれができた。純粋であどけないようなところ、真面目すぎるほどの素直さ、手仕事が好き、天分というしかない。無用になったものを活かし切る。手仕事を繋げてきたことで、自在に指が動き、髪の毛を、皺を手慣れた鉤針で引っかいた。描いているうちに、おのずと衝きあがってくるものもあっただろう。加えて、千佳には秋子の脱帽して止まない根気のよさがある。使い古しのクレヨンのように、使いものにならなくなった自分をも、どこまで使い切れるか……と、実践したことにはならないか。

多分、一日一枚ときめたのだろう。懲りずに飽きずに、また今日が始まれば千佳はそれをする。衝かれたように。他人さまがまた増えたねぇ、と呟きながら。

そんなある日、千佳は鉄瓶を火にかけたまま忘れてしまう。別に自死したかったわけではないが、鉄瓶と一緒に赤く透き通りたかった、と、千佳は思ったのではないか。赤く透き通った美しいものの背後に、底知れない闇を千佳は見たのだろう。

正夫一家と春子にすっかり不審の眼で見られ、用心されるようになって、千佳は、居場所を失った。ある朝、孫が起き抜けに、怖い夢見ちゃった、と言う。お家がぼうぼう燃えてて、ママもパパもいないし、大きな声で呼んでたら、ママに揺すられて起こされた、と。当時、またいつ火事になるかわからない……家族中が戦々兢々として、神経質になっていた、と、のちに春子から聞かされていた。

千佳は身の置き所がない。身を竦め、身を隠したいと思ったとき、惚けの演技をしていた。意図したのではない偶然。始まりは千佳自身ではない。周りの眼が先だった。おばあちゃん惚けたんじゃないの……。そんな眼に追い込まれていったものの、千佳はそこで図らずも自由に息が出来るのを知った。この事件を千佳は利用したわけではない。チャンスと思ったわけではない。そもそも千佳は、見まい、聞くまい、話すまいの話をよくしていたから、その演技に繋がってしまったのだ。

あの病院での千佳の演技は、迫真のものだった。すでに、秋子に渡すものは渡したという思いがあったから、平気で心を開かないでいられた。千佳はそれが出来る人だ。演技のさ中に心臓発作に見舞われ、息を引き取ってしまった。

千佳は、これだけ沢山の絵を描いたことで、思い残すことのない人生と向き合えた。だから、自分を入院させるようにも仕向けられた。深い充足の中にいる千佳と一緒に、秋子もまた充足する。

それらの絵に取り囲まれながら、秋子はぞくぞくする思いで合点していた。秋子にとっても、懐かしい人たちが勢揃いしているのだ。千佳の命を音楽とするなら、その命の終楽章をみなで奏でていることになる。

それにしても、秋子は思った。千佳からの十年目のプレゼントには怖いものがある。あまりにタイミングがよすぎて……。何しろ失明と癌の再発に直面している現在の秋子のことを、すでに十年前の千佳は熟知していたようではないか……。何でもお見通しという不思議なところもあった千佳に、母さんの神通力ね、と茶化して言うと、そうなのよ、小さなときから千里眼と言われたものよ、と臆面もなく答えた。死んでからも秋子のことを気にかけてくれて、千佳はその千里眼を見せてくれた。秋子もまたそれを素直に受け取る。春子がアイデアルをもらったように、秋子もまた残り少ない時間の中で、やらなければならないことへと導かれる。千佳からのメッセージ。めげないで持続しなさい、という……。ちゃんとお手本まで見せてくれている。

秋子は思う。千佳をなぞって生きていこう。ワープロ打って、文章を書くことは金輪際やめよう。失明を早めないためにも。絵を描きたい、いつか余裕ができたら、と先送りしていたのだ。今こそ、それを引き寄せよう。

千佳の絵に囲まれていると、微かな呟きが、聴こえる。千佳が図らずも描いてしまった千佳の父や母、兄や姉たちの声が立ち昇ってくる。後がないと、自覚するとね、これまで生きてきたすべてというか、その積み重ねの証がしたくなるものなのよ。千佳さんはそれを身をもって示してくれたようね。最後の情熱というものよ。なまなかのエネルギーでは出せないものを見せてくれましたね。

いつしか懐かしい人たちの声は、かしましいまでに賑やかさを増している。秋子は懐かしい人々に取り囲まれ、いちいち頷き、最近味わったことのない爽やかな気持ちになっていた。

千佳に似た老女の前に、鮮やかなクレヨンが山になっている。

ぽつねんと瞑目しているその老女の背に、秋深い夕日が夜の訪れを告げていた。

U字型の彼

噛み砕いていた。尖った硬質のものが口の中の壁にぶつかって痛い。何という感触……。志野が総入歯になったのはあまりにも古い話である。三十代の最後の年に作ったその入歯の、下顎の方の入歯は、真ん中が空いているU字型、そのU字型は模造品の歯茎と歯で作られている。堅いその入歯が、口の中で砕かれている音は壮絶とも何とも、言い難い。

人工的な肉色の歯茎の上に並んだ陶製の歯も、歯茎と一緒になってへし折られ砕かれているのを志野は目撃し目覚めたのだが、目覚め切れない中で、一体どうしたのだと考え込む。上下の歯があってこそ物が噛めるのに、その機能すべき下の入歯が口の中で舌と踊っているのだ。噛んだり砕いたりする役目なのに、それが席をはずして、あられもない姿になっている。

志野の口の中はのっぺりしたままの洞で、まるきり歯のない歯茎だけである。その歯茎を土手と呼ぶ。そのつるんとした土手だけで、どうして、噛み砕く音などさせることができたのだろう。その、口の中の映像まで捉えているということは……。

夢なのだ、解せなくて当たり前ではないか。

それにしても、感触と、音と、視覚まで備わっていた。

それも、ほんのちょっと、うとうとしただけの僅かな間に見てしまう早業の夢だった。

本を手にしてみたが、活字を追うだけの活力が眼の底の方になく、反対に眼の底の方から、もっと深いところへ、いや、そこから八方へと、じいんとしみていく疼痛までともなっているのをまたも感じて、志野はやはり慌てた思いになる。あといくばくもないのだろうか、この眼を使えるのは……と、苦しいともいえる気分になり、本を閉じ、固く眼をつむってみた。動悸を打っているわけではないのに、胸の鼓動を聴いているというか、静かに耳をそばだてた。

失明の予告をされているのか、いよいよかと思わぬでもないが、くよくよしても仕方がない……と自分に納得させたのかどうか、それで眠ってしまったとしても何秒でもなかったろう。

だから、夢を見るとしたら眼に関連したものの方こそが先だと思うのに、口の方に移行してしまっているということは、何を言いたいというのだろう。口の方がしゃしゃり出てくるということは、口から先に生まれたという例えがあるが、それを地でいったということか。といっても、志野は決してお喋りとは言えぬだろうが、寡黙とも言えまい。ともかく、口に優先権があったようだ。仕方がない。

志野の口、というよりその中の歯のことだが、その志野の歯は、三十年以上も前に揃って打ち死にしたという事実がある。そいう過程を生きてきた口のことだから、眼、自体が主張したいことがあると言い出しても、お後になさっては……とやんわり抑えられたということではないだろうか。

めったに志野は夢を見ないから、夢同士お先にどうぞとか言い合い、譲りあってのことかもしれない。入歯といっても、ながい歳月共にしてしまった以上、単なる物ではない。肉体の一部として君臨している。

義歯という立場である以上、上下ともに対等であるはずの上顎の義歯が、のっぺりしたなあにもない下顎の土手相手に、仲間である下の義歯を噛み砕こうとしていたのである。以前は歯が生えていたというその痕跡さえもない痩せ衰えた土手だけで、仲間の義歯に向けて何を企んだというのか……志野の下顎の土手に乗るはずのU字型の入歯を、噛み砕こうという算段だ。いうならば、自分を食べているというわけでもある。どういう関りにせよ、よくよく慣れ合ってしまった故の痴話喧嘩、兄弟喧嘩の類の現象というわけか。それとも、自己破壊か。まるで、わが身の終焉をみるようではないか。

志野は何やらこの頃落ち着きがない。老いたら少しは呑気に構えてもよさそうなのに、相変わらず穏やかでない心のうちの葛藤を持て余している体たらくなのである。

そうなのだよ。自分自身を見失っているというか、行き詰っているというか、そういう状態であるという現実に気がつかなきゃあ。

誰？　何やらわからない声ともいえない声。音と呼ぶべきなのかも知れない。リズムがあるというのではないが、どこか懐かしさを覚える太古からのものというか。それがどこからともなく聞こえてくる。

あえて言うなら、志野の骸骨だったときがあったとして、その志野のしゃれこうべの空洞からの音というか。また海の底からとも、波間からともいえそうだ。

ともかく、透明なのに聴きづらい、捉え難い。結構知れた口をきく奴だな、と思いながら、姿なき、声なき音の続きを聴こうとしている志野である。どちらにせよ、仰せの通り志野はいつだって自分を見失い、手も足も出ない人間だ。それに気がついていないわけではないが、言われてみるとその気がつきかたそのものが、よほど浅薄なのだろう。

お前さんのいい気さ加減といったらないねぇ。このわたしはしっかり声を出しているのだよ。それを声ともいえないとか、しまいには音とかいっちゃって。その上、太古からのとくるからね、おめでたき人です。ともかく聞き取ってはくれたのだから、よしとしよう。懐かしいとかもでてきたね。お年なのかねぇ。

言われるまでもない。いつの間にか古希も過ぎた。こんなに長く生きながらえるなど思ってもみなかったから、こうして、その年齢に達してみるとなかなかどうして感慨深いものがある。

するとと、その音の主は、まさに砕かれんとしたU字型の入歯、いうならば、ながのお付き合いの伴侶ともいうべきものの声？

いやいやちがうねぇ。わたしの方から言わせてもらうなら、お前さんの伴侶どころか一心同体ともいうべき密着ぶりだったがねぇ。こちらは身を徹しての奉仕ぶりだった。お前さんだって肉体の一部だって言ったじゃあないか。

やっぱり声ともいえない声。あまりよい響きを出しているとは思えない。しかし、伴侶では不満だとの意志表示をするために、彼は声を出しているのだ。拝聴に値する。それに、彼は一心同体とさえ思っている。そんな彼がいたからこそ、支えになって、何とかこうしてこの今があるともいえる。それにしても、一体どういうこと……。あの夢は。

そうそ、その夢のことだがね。こちらが訊きたいってものよ。わたしはまさかこんな扱われかたをされるとは思ってもみなかったねぇ。何しろ、わたしには重い歴史というものがあるんでして。そのプライドというものをも持ち合わせているのでしてねぇ。それが、どうです。何のことわりもなしに、例え、夢にしろです。夢ゆめ想像だにしたことのない図ですよ。噛み砕かれるなんて。

怒られても仕方がないが、志野にしてみてもまったく予期しない夢だった。責められたところで、身に覚えがない。それでも、そんな夢を見たばかりに、それこそ予期しない奴が現われて、こうして会話というものが生じ、いや、お叱りを受けるという光栄に預っているのだと思うとなんだか面白くなってきた。

幸運ということにしよう……志野は思わずにやにやと頬をゆるめている。ほんとに、こうして人間稼業続けていればこその巡り合わせ、突然現れた奴と、こんな形で喧々諤々とお喋りができるなんて、この年になるまで味わったことがない、と志野は嬉しくなる。

わたしのことですがね、お前さんの痩せた歯茎の上にただ乗っかっている道具ぐらいの見方では困るのですよ。入れたり外したりできるからって、わたしに根っこがないなどと見くびってはなりません。見た眼には根っこがなくとも実は厳然とした根っこがあるのです。その根っこについて、語らねばならないでしょうね。話せば何のことはない。思いあたろうというものです。物という物、生き物という生き物、すべての動植物には根っこというものがあるのです。ただ、生きていたい、生きのびたい……と思ったときから根っこが備わるのです。そうして、当然、意志というものがですね、生まれるというか、備わるという寸法です。

何だか手強い。こちらに心用意もないうちにお説を述べはじめた奴に、志野は抵抗を感じたが、話していることは難しそうでいて、分かりやすそうだなという気がした。

わたしも少々気負いすぎて疲れました。しばらく黙っているとしましょう。お前さんとなら尽きることのない話があるのですから、焦ることはない。

すっかり耳に馴れた彼の声はそれきり途絶えた。U字型の悲鳴でもあろうかと最初志野は穿った思いもしないではなかったが、突然出現した妙な性癖を持った奴に、今では好感をもち始めていた。夢まで一緒に見た間柄だ。一心同体というらしいが、これまでは遠く隔った心を持っていたようだ。

U字型と出合った頃の思いに志野は捉われていく。すっかり眠気からも、本を読もうという気持ちからも遠ざかってしまったのか、三十年以上前のことがまざまざと浮かんでくる。


コップの水の中で、白く並んだ貝殻めいたものたちが耀いていた。水の中でそれらは一様にピンク色の肌にしがみついていた。可愛くも見える美しいピンク色した姿態に向けて、貝殻はのびのびと戯れている。

上の義歯は志野の口の中の上顎の部分にぴったり密着させるために薄い金属で作られ、上顎の皮膚の紋様まで写しとられた山型である。それを支えるために肉色の土がU字型の縁に攻め寄せるようにして土手を作る。そこにミニチュアの墓石たちを刺し込み、付き従わせていた。

その頃、志野には新しく光る陶製の歯の粒たちが、先ずは、美しいと見えたはずなのに、それをどうしても否定し、墓石だ、と決めつける心の状態だった。

　原因不明、病名判らずの歯の病。痛みに苛まれて毎日一本ずつの歯を抜いていく……その結果、口の中には何も無くなった。まるで空洞、暗い洞には舌という孤独な者が手招きしていて総入歯という人工的なものを口の中に押し込むしかなかったのだから。そんな状況の中、義歯という新しきものが、自分を助けてくれるのだとわかってはいても、志野には少しも嬉しくなかったのだ。それどころか、疎ましくさえあった。だから、とても無心では見られず、すぐさま墓石だ、などという憎まれ口に直結したのだろう。あまりにも、痛めつけられた後だからか、まともなものを歪めてしか見られない病んだ神経の持ち主になっていたのだった。

　下の義歯は文字通り兄貴分である上のU字型に足並みを揃える。上から下がっている墓石たちに倣い、白い墓石たちを並べ、受けて立ち、墓石の頭同士がぶつかるように配慮して埋め込んでいるのが弟分のほうなのだ。その墓石たちを包み支える健気な肉色の土手である歯茎によって成り立っているのが、義歯というものなのである。

　その上下の義歯の二つが、形通りとは違う折り重なりを見せ、絡み合い、組合わせ自由な姿態となって水の中にある。彼らは思う存分に裸体を曝していたのだ。志野の身体から一歩でも出たとなれば、自由奔放放恣な姿になるのだから、それはやはり裸体と見做されよう。柔らかくはない硬質なものでも、水の中に入れば水中花に見えなくもない。コップに入れられた彼らは光の屈折やらで、空気の中に置かれたときとはまったく違う様相を示すのだ。華やかに舞っている。しかも光りながら。青春まっただ中、きらきらしている。それは当たり前なのだ。四十年近くも生きてしまった古びた志野と、たった今、生まれたばかりの入歯なのだから。違和感があっても不思議はない。

総入歯保持者の志野は、先ず水中花を眺めるようにそれらを眺め、眠りに入っていったものだ。これが、わが分身ねぇ……。しかし、そんな儀式めいたことをしたのも始めのうちだけで、すぐにその妖艶で華麗な水中花は枕元から姿を消した、消された。

新米総入歯使用者の志野に、顎を休めるためにも、睡眠中に間違って飲んでしまう事故を起こさないためにも、義歯は外して水の中に入れて置くとよい、と歯科医師が教えてくれたけれど、志野にとってはその方法が適切ではなかったからだ。

日中、義歯をつけているとき、異物感があるのは当然である。慣れるまでは、というけれど、ふがふが声の婆さんになり、勿論、歯切れが悪く話が相手に伝わり難い。それと、本体、つまり、志野が主体となるわけだが、それに対しての付録というか、付き従う義歯は、そうたやすくは主体の望むようにはなってくれない。いちいち取り上げないが、彼らに向けて際限ない不満が志野にはある。それでも志野が生きている限り繋がっていくしかない関係ではあろう。志野にとってはどうしても借り物意識のある義歯との不調和、その調整などの苦労についてとやかく言う気はないが、それだからこそ、外したときの開放感は格別なのだ。

しかし、開放感とはまた別に、やりきれないといったらよいのか、口の中からそれらを取り出した途端、箍が外されたというか予期しない気分に襲われもする。あるべきものが無いといった欠落感といったらよいのか、喪失感をまざまざと感じさせられるのだ。大袈裟に言うなら人生のすべてを失ったという絶望感とでもいうか、顔半分下の存在がすうっと、顎を通して、がくっと落ちていく感覚、急に無気力という力に絡めとられる。奈落の底に引き摺りこまれるとはこういうことか、など妙に実感した気でいる。

鏡など見なくてもわかる。唇が口の中に引き摺りこまれ、すぼまり、その縮んでしまった黒い穴に向けて放射状の深い皺ができているのを……。しかし、それにも堪えよう。

ともかく、終日人並みに振る舞ってくれた入歯たちに休息を与え、眠りにつかせるのがこれからの人生に与えられた日課なのだ、と志野は自分に言いきかせ、水中花に慰めを見出そうとしていたのだ。

コップの中の、ピンクの彩りある歯茎は柔らかく変化し、墓石ならぬ歯は、美しい貝殻になって、いや、白い蝶になって舞い、華やいで賑やか……それを眺める志野は無償に寂しいというか。自分の口の中から開放されている時間を、入歯たちは変身することによって謳歌しているという妬ましさかも知れない……。

見ている間にも、彼らは変幻自在で、またも別なものになり変っているのである。人型になってさえ見せる。肉感的な戯れにも見えて、志野は思わず眼を反らす。妙に、やりきれない淋しさを突きつけられる。あまりに自由な彼らに妬ましさ以上のものを感じてしまっても不思議はない。

しかし、これからは肉体の一部となってもらい、食べることから話すことにと終生付き合ってもらわなければならない。そういう相手なのだ。大切にしなければならない。

といっても、彼らはまったく別の世界を持っている。寄り添ってくれないどころか、夜毎、自由を満喫し、開放されたがっている。喜びの表情をわざとらしく見せつけられていると思うのは、志野の僻みかもしれないが、疎外感まで加わって志野には耐えられなかった。

しかも、水の中に漬かっていながら、温泉気分そこのけになってこちらを眺めているふうでもあるのだ。志野がそれらを見るのとはまるで違う目つきなのだから、つい、たじろぐ。動物園で檻の中の動物をみるときに、味わうあの何ともいえない心地と同じである。檻の中の動物から反対に見られ観察されているといった恥かしい思いと通じる何かだ。

上と下の入歯はコップの水を揺らす。志野の口の中での型通りのあの組み合わせとは別ものになって絡まり合いながら、こちらの志野を凝視するといってよい。なにやら、痛快がっているし、非難がましい視線ともいえる。それが厭で枕元から移してもみた。

そうして、遠くに置いてみても何も変わらず同じだった。痩せこけたなんてものでなく、こけにこけて、すとんと落ち窪んだ頬、歯がない故に、納まりどころがない顎。

その顔半分を、首の筒の中に埋めこもうとしてとどまるところがない。そんな顔を曝して、滅入らざるを得ない気持ちの志野を、水中花となった義歯たちはどこからでも追いかけてきては見ている。夜具をすっぽりかぶってしまっても、その視線は飽くことなく追ってくる。ゆったり、のんびり水の中で揺らぎながら、くつろぎながら、怠りなく志野を眺めている。愉しんでいる。日中は口の中に自分たちを閉じ込め思うさま働かせているその仇をとっている、とでもいうように。

入歯を入れた志野の顔は、新しく生まれ変った。歯が健在で生え揃っていた頃の相とはまるで変った。もともとが地味な顔立ちだから、別に不美人になったと思うわけではない。ただ、一挙に年取った。義歯を入れた顔は妙にしゃちほこばり、いかついのに心細い頬、唇は、への字に結ばれ、淋しげな泣き顔である。人工的に作られた顔なのである。下半分は他人さまである。三十代の終りにして、どう見ても七、八十の老婆になってしまったのだ。しかも、根が無いのに、がっちりと在る振りをして踏ん張っている義歯たちの、自信を持ったさまときたら不自然極まりない。

だから、子供には、外ではばあちゃんと呼びなさい。間違ってもかあさんと呼んでは駄目よ。参観日のときは母親の替りに祖母が来ました、という顔をしている志野だった。いつの間にか、その呼び名にふさわしく、生え際から髪の毛は白くなっていき、急速に白髪で覆われた。名実ともに四十代早々から老婆になったのである。それは、意味不明の歯の病のせいでの延長の症状なのか、または、その老いた顔に合わせるために、毛髪には順応性があるというから、慌てて額から白くなっていったのか、迷宮入りである。

しかし、総入歯になって、ほどなく子供を連れての離婚をしたから、そのあとの人生は居直り人生で、顔が萎もうが、白髪頭を曝そうがどうでもよかった。だから、その外見の都合に合わせてやり、女でもなく、男でもなく、年齢も返上して早くから老いを受け入れた。人生を先取りして生きる気楽さを覚えた志野だった。それに、自分自身を他人さまとして見るようにもなった。

先ずは口の中に義歯を装填することから始まるのが志野の日課で、せめて、口だけでもまともな人間にしてから、と、水の中から引き揚げた義歯を口の中の上下に納めたあと、ものぐさ、みたいだが再び床に入り直す。瞑想めいたこと、といっても深呼吸を深く深くゆっくりゆっくりするだけのことだが、それを大の字になってしたあと、改めて一日の始めとして起き上がるのを常としていた。

その間に、一体何が起きたのか、何をどう間違ったのか、咳でもしたはずみだったか、U

字型たちは叛乱を起こした。夢ではない現実。水の中でなく口の中だというのに、コップの中でみせるような水中花になって、絡まってみせたのだ。つまり、彼らは、多分、折角、志野の所にやってきながら、志野との折り合いの悪さや、ずれ、受け入れられないことに苛立ち、やけのやんぱち、自由奔放の鬱憤晴らしを演じていたのだ。

志野は口を閉めるもならず、開けるもならずの状態になった。顔面は蒼白なのだろう、額にはあぶら汗が滴った。指を突っこんで引こうが、押そうが動きがとれない。そのうち顎がおかしくなる。突き破られてしまいそう。苦しい。

口は異様な開け方にしろ開いているのだから、窒息するはずはないのに、窒息してしまうかという胸の苦しさも加えた恐怖に襲われた。文字通り、火事場の何とやら……で、志野は夜具を蹴って立ち上がり体を揺すってみたり、飛んでみたり、それが駄目ならと逆立ちまでしてみた。顎が外れてくれたらよいのに……ガタンガックン、入歯たちも志野の顎もガラガラバラバラと砕けて、鼻から下の部分から崩れ落ちてくれたら……。

何が功を奏したのか、絡まって壁にぶつかり微動だにもしなかった義歯たちは口の中から吐き出された。志野は命拾いをしたのだ。命拾いしてから気がついたのだが、天ぷら油でもごくごくと流しこんでやれば、滑りやすくなり壁との軋みを突破できたのではないか。今度、同じ事あらばそれをしよう。迷わず慌てずに済む、何でも経験だ、無駄はない。

そんな事件がありながらも、そんな朝を記憶にとどめながらも、繋がっていく仲なのだ。いたたまれなくなった結果としてではなく、刑罰でもなく、志野は、夜になっても、それらを開放してやることを止めた。コップ入りはさせない。

四六時中口の中に入れておくことにした。そっちがそっちなら、こっちもこっちというわけではない、それ以外処置のしようがなかったのだ。口の中に入れておいても怖い奴、外に出してやっても、何を仕出かすかわからない不安がある。だとしたら、むしろ、さらなる困難らしき方を選べばよい。彼らはいつ、どこで、また叛乱を起こすやも……喉を突き破って落ちていき胃袋で絡みあうかも……。

志野にも意地というものがあったのだろう。進化もする。初めて総入歯を扱う者としては、歯科医師の言う通りを実践すべきだったかも知れないが、そうそう言うなりばかりにはなっていられない。自己流という手もあるではないか。誰もが一様に同じことをしなければならないという理由もあるまい、われにはわれのやり方がある。

何やら妙な意志をもった、いや、最初から人格を有したような義歯を作ってしまった歯科医師を呪っても始まらない。いや、作った方はそんな入魂作業まではしていなかったろう。たまたま予想外の出来だっただけだ。不出来の作なのか、それとも不世出の作品なのか。

とにかく、外に出さない。変な真似が身につかないですむ。志野自身の中にだけに取り込んで離さないでおくことだ。まさか、口の中からは見詰めることはしまい。それだけでもよしとしたい。彼らに見られなくてすむ嬉しさは例えようがない。

それに、歯を外したあとの洞、それに向かって、すぼまっていく唇、引き摺りこまれ、筒にもぐっていく風情は、いやおうもなく疲れる現象なのだ。全身の力を引っこ抜かれてしまう思い……そこからも逃れることができる。U字型の二つをコップに入れるというそれだけできるということは、よい結果をもたらすに違いない。一日の終りに、それさえしなければ、の仕事が、志野にとってのとてつもなくつらい現実なのだから、それへ終止符を打つことが明日へ繋げる活力を失わないですむだろう。判断は誤っていまいと、堂々と口の中に入れたままで押し通すことにした。

しかし、年中、口の中に設定されたままになる代物である彼らにとっては、志野の口の中だけが世界なわけで、歯茎とか舌、喉ちんことだけ仲よくしていかねばならない宿命を担っているということになり、それ相当な窮屈な思いだろう。休息もままならないというような、過酷さかも知れない。

上顎のU字型はどこか鷹揚な性格なのか、何の不満も見せずに装填されたままゆったりと鎮座したままだが、それに引き換え、下のU字型ときたら、枠だけで出来ていて中身は空っぽのせいか、その間に存在する舌と自由に遊べるせいか、お喋りという宿命も負うことになる。喋ることができるとは、今になって知ったことでその頃は知らなかったのだが……。

とにかく身軽さからくるのか、いたずらぶりを発揮する。つまり、腰が軽い奴なのだ。志野の歯茎に摩擦をかけ、小さな擦り傷をつくるに余念がない。多分、独りぶつくさ言っている仕草なのだ。U字型の肉色の人工の歯茎で、志野の痩せた肉色の土手に跨るのだが、こちらの土手は生身、奴の方は見せかけは肉色でも肉的柔らかきは持ち合わせていないわけで、不調和といえばこの上なく不調和としかいいようがない。ぴたっと寄り添えるはずがないのだ。腰軽ゆえに常に安定を欠き、不平不満もあってぶつぶつと呟きを洩らしながら、貧乏揺すりめいたことをしているのだ。

志野の歯茎はこすられ、それですっかり痛めつけられ、物を食べるたびに悲鳴をあげたくなる。噛みあわせるとき、奴の土手とこちらの土手がぴたっと密着していれば問題ないが、ずれが生じているそこに力が加わるわけでそれは想像を絶する事態になる。腫れ上がり、弟分である入歯をいっときだって生身の土手の上に乗せていられなくなる。

だから退ける。いやもおうもない不本意ながらのお仕置き、日中でも取り外しておくという形をとる。それでなくとも本物の土手と偽ものの歯茎との間に空気が入って話しづらいのに、下の義歯を外すに及んでは話もできない。そんなときでも、もう、決して水の中には入れない。彼らは志野を眺めたりはできなくなっていたのだ。志野の意志によって、コップの生活には戻れなくしてしまったのだから。

　彼らにとって、自由がなくなったことに加えて、更なる拷問が待っていた。といっても、弟分の方にだけ課せられた。何しろ、兄貴分の方は穏やか、円満な性格だから、装填されたままでよしとされる。拷問は弟分のほうにだけ集中される。やおら口の中から取り出された腰軽U字型は、志野の左手に裏を返されてしっかりと握られる。志野の右手には鋭い切り出しが、きらりと光る切っ先を見せて、待ち構えている。志野は根が器用なのだ。すっかりそれを忘れていた、と思った。志野自身の下顎の土手は生身だし、さんざんの目に合ったあとだし、その土手をならすなどということはできないが、その上に乗るU字型の奴は、そいだり削ったりしても、大丈夫なはずだ。志野の歯のない歯茎と合せるため削られながら形作られて志野の所にやってきたわけだから。

　志野にとっては、志野の口の中の土手に傷を作り、痛みを与える永久権利を勝ち取ったつもりでいるような尊大な奴に見えて仕方がない。勝手に振る舞っているその義歯の片割れである弟分のU字型の尻なり股なりを適当に削らしてもらえば、触れられただけでも痛むということから、解消されるのではないか。そう思いついて、こういう展開になったのである。こうなれば、もう、こっちのものだと、志野は勇み立っている。容赦しないという勢いまで見せて彫刻でもするように切り出しを動かし始めた。いつも、痛めつけられてる箇所はちゃんと頭の中に入っている。そろそろとぐいぐいとその箇所を彫り、いや、彫りではない削る。慎重な上にも慎重に……。削り節を削ったときのようなくるくる巻かれたピンクの薄皮が散らばる。

志野は左手に持った義歯を眼の近くに持っていき、かざしてみる。そして、すぼんでいる唇をもっとすぼめて息を吸い、次に膨らませて息を吹きかける。腰軽奴のまわりにすこしばかり、しがみつくように付いていたおが屑めいたピンクの塵は一掃される。志野はさらに水で流し、試乗させるべく、口の中の土手の上にそっと乗せる。お見事、痛い箇所にはもう触れない。成功、だ。噛み合わせてみる。ほかに触れる所が見つかる。取り外し、丹念に見てから、狙い違わずの箇所に切り出しが活躍しはじめる。切っ先を使ったり、刃の中央部でこするようにこそげたり、あの手この手で痛みを解消するために、いい気になってこすり寄ってくる個所をこれでもか、と、そぐ削るを試みる。焦らず、じっくり取り組む。その間、何回も口の中に入れては出し、出しては入れての微調整である。切り出しの使い方もいろいろ工夫される。道具ひとつだが不足はない。仕上げには紙やすりをかける。生身の土手に乗せたとき、滑らかで心地よいようにと……。奴が跨ぐ形の溝の部分は、やすりをかけにくいので鉛筆の先に紙やすりを巻いたもので、丁寧にこする。口調整がうまくいくということは、一回や二回でできるものではない。一方は生身、一方は模造品なのだから。何回も何回も、何日もかかっての根気のいる作業なのである。しかも、いくらなんでも真っ昼間にする仕事ではない。人の目、まして、子供の目に触れさせたくない。入歯に拷問を加えている母親の姿など見せたくもない。だから、密かな真夜中の内職仕事となる。そんな集積で、痛めつけられた主体の土手は、次第に癒されていった。その替り下の義歯、弟分の歯茎は心ならずも変形していったのである。

志野がこうしていることはもっぱら、減らすこと、削ることにある。上向きでなく下降?離婚してしまったこれからの生活を暗示されているようにも見え、志野の気持ちは萎えていく。どんな仕事であれ、志野はもともと手先のことが好きだから苦にはならないが、はたと、このやむを得ぬ間に合わせということに、やりきれないものを感じ立ち止まってしまう。

誤魔化しはこれまでの生活にこそあったが、これからはそれと程遠いものになるはずだった。それが、またも、この下の義歯と同じにたわめられ、歪められして……またもそうしていかねば、生きようがないのか。自らを削ってたわめたからといって、すべて解決というわけのものでもない。生きるとは、どっちにしろ、そういうことだというのか、わかったようなわからないことに志野は呻く思いだった。

シンプルな直線を引いての上昇など望めないまま生きていくのか。何としても生きていきたい。上向きに……。それが叶わぬ生はご免なのに、妙な暗示を受けているようではないか。

停滞も下降も赦しがたい。

　それをあがなうかのように志野は若いときからの夢、不可能だったことに挑戦することにした。これこそ抑えていたことを解き放つことの一環だ。山に登る。そこには下降志向はない。秘かなる実践。単独が好き。女の単独山行ではない。爺さまの気儘な独り登山風に見えるようにするのはわけない。最初から女には見えまいから簡単。ザックに男の帽子、登山靴は外股にのっしのっしと歩くさ。

　話が横道にそれたが、山懐に抱かれて、自然の英気を存分に味わったことは大袈裟な言い方だが、志野の人生の一頁を飾った。

　志野の本体、下顎の土手は、上に乗る尻軽の奴に鍛えられていったのか、よくよく志野の細工振りが巧みだったのか、当初の痛みつらさは薄らぎ、違和感も次第に消えていった。手を加えたその入歯を装填しても、上の兄貴分と同じにまあまあ鎮座していることが多くなっていった。いうならば、慣れということも多分に影響しているだろう。志野の忍耐もあったろう。しかし、それだけの労力を駆使しながらも、繰り返し手を焼かされることも多い。思えば、手間ひまかけさせられた奴ほど可愛いというか、愛着があるというか、無くてはならぬ存在ともなっていく。いつだって気になる奴として何かと細心の注意を払っているし、大切にもしてしまう。また、どんなことで大暴れを仕出かすやらという不安もあったろう。志野がそうせざるを得ない何かを、尻軽の奴も持ち合わせていたのだろう。無意識下に成り立つ関係にはそんな作用が働くのかも知れない。人との関係にも似ているな、と、つい、志野は子供たちの顔を思い浮かべ、にが笑いをした。

いつのまにか、確かに、義歯はなくてはならぬ奴になった。ある意味で血肉化されていた。志野は、ど近眼で眼鏡をかけているが、これもなくてはならぬ存在で、義歯たちの大先輩になる。血肉化されての歴史は長い。思えば、志野は人工的なものに支えられて、生きながらえてこられたのだと……。

睡眠中思わず、尻軽の奴を手にしているときがあって、志野は何してるの……訝しく自分を眺めるときがあるのだが、痛むから取るとか、悪さをされて、その原因を探るため、口から外すというのではなく、今となっては、年中手当てをしなければならなかった長の習慣の根跡だということがわかる。愛しそうに手にしている。義歯をコップの水の中に入れこそしないが、志野は朝晩歯ブラシを使って丁寧に隅々まで洗う。清めてやる。たっぷりのシャワーも浴びせてやる。コップに薬を一粒入れ、一挙に強力に洗浄する方法もあるが、志野は手抜きのような気がして、やはり、手をかけてしまう、遠い昔に、水の中には入れないなどと拘ったことがあったが、まさか、そんな気持ちはとうの昔に消えている。

今夜も今夜とて、気がつくと下の義歯を手にしていた。おや、ここにいたの。と声でもかけるように眼を細め眺めたあと、口の中に戻すでもなくパジャマの胸ポケットにしまう。上から掌でそっと押さえる。口の中に入っていてくれないと、顎がつかれるし、気力も失せるなどという我儘はもう言わなくなった志野である。臨機応変、いつしか鷹揚になっていた。志野が成長し順応したのか、変節したのか。

用足しにいき、水を流したとき、突知、志野の胸から飛び上がり躍り出ていったものがある。鮮やかなピンクの姿態を持ち、白い貝殻をひらひらと舞わせ、一瞬にして消えていった。志野には何がなんだかわからなかった。愕然として立ち竦むばかりだった。志野が眼の端に捉えたそれは、自ら躍り出た勇ましさがあった。この機を逃さず、瞬時にまっとうした。年来の願望？　執念深いというか、水への憧れへの執着？　小躍りする喜びに満ち溢れていた。勢いのある水流にここぞとばかり、飛び込んでいってしまった。全身を煌めかせながら。しかし、自殺行為といえないか。早まってしまったと悔いていないか。あの勢いある流れにのって海まで辿りつけると錯覚をしてしまったのだろうか。望郷の念をもっていたのだろうか。海に……水に……。

その錯覚に志野だってのりたい。広々とした蒼い空、大きくうねる深い海。白い貝殻をひらひらさせ、それをオールにして水を操りながら、ゆらゆら浮いているU字型の彼。志野も、例え、自殺行為でもよい、彼と並んで海に浮かびたいものだ、と、その思いに浸らせてもらう。彼を失ったことよりも、決断、直決をした彼に羨望を覚えた。自由を勝ちとり、戻るべきところに戻ったのかも知れない。彼にとっての故郷だとしたら、志野にとっても海への思いは同じ……なのだ。

昔は、彼をないがしろにもした、邪慳にもした、拷問さえした。しかし、今は折り合いもよく、うまが合うというところまできていたではないか。なにも、志野から逃れていくことはあるまいに……。しかし、単なる事故だったかも知れないではないか。いまさら、志野に反逆してみせる理由もないのだから。だとしたら、彼は今どんな気持ちでいるのだろう。志野の粗忽さが、彼を死に追いやってしまった……言い知れぬ罪深さに志野はうろたえた。彼は孤独になって、思わぬ場所に立ち会わされているのかも知れない。とうてい、海にまで辿りつけず、汚物ふんぷんの中に紛れ、ぶくぶく泡たてて沈んでいくのかも……。

こんな形で、血肉化されたものを失うとは……。長い付き合いの伴侶、一心同体の彼はもういない。終生、彼とは共にあると思って疑ったこともなかったのに。お先に御免、はないだろう。嘘でしょう。志野から言葉が失せた。失意の人になって、夜具の中に身をひそませた。いつまでも海老のようになっていた。別れはつらいものだ。

そういえば、彼は話すことがたんとあるといっていた。つもる話もあると……。何でもいい、黙って聴こうと思っていた矢先のことだ。この年まできてしまえば怖いものはない。志野は、彼のこの変貌した新たな出現を面白がってもいたし、もしかして心待ちしていたのではなかったか。根っこの話だって、聴きたかった。きっと、ここに在るということ、その意味とか……いろいろな意味、物、者、の存在についてのお説を述べたかったのだろう。彼は生まれた時から、自分の存在というものについて悩まされ、考えさせられてきたはずだから。なにしろ、彼との関りにおいて疎外感を与え続けた張本人は志野なのだから、よくわかる。彼の声無く、姿なく……になってから、なおだ。志野は気が遠くなりそうだ。今は、ただ、彼は無になった。ということを受け入れるしかないとは……志野は、ふと、母親を思い出した。

血圧の高かった母は歯医者さんは血圧の高い人の治療を嫌う、とどこからか聞いてきて、決して歯医者にはかからなかった。自分で処置していた。痛むときはどうしたのだったか、梅干を貼り付けたり、雪の下の葉を揉んで貼ったりしていた気がする。いや、べんけい草だったのかも知れない。白い膏薬がほっぺたに貼られていたときもあった。ともかく、やりきれないときは、ヤットコで抜いた。根が細く茶色になった歯をヤットコに挟んだまま見せたことがある。これ一本のために、ずいぶん悩まされました。歯が痛むときは全身メチャヤメチャ苦しむものね。

あるとき、もうどうせ抜けるのは時間の問題なのだから、ヤットコ使うまでもないのよ。でも、この歯が最後と思うと、早く何とかしちまいたいっていう気もしなくなって……可笑しなものね。と言って、長いこと口をもごもごさせていた。幼い子が無邪気に遊んでいるふうに見えた。口の中で少しばかりの根っこをつけて揺れている一本の老いた歯と、舌が絡みあいながら戯れている。最後の別れを惜しんで互いに慈しみ合っている図だ。ほら、取れた。ベロが取ってくれました。と、いとおしそうに眺めている。

愛着があるというか、彼女はすべてに愛情をもって生きたのではないか。そういうことが身についていた。そうして、全部の歯が口の中から消えて無くなった。やっと、せいせいしたよ、と嬉しそうにした。淋しそうに見えもしたが……母は露ほども義歯が欲しいとも思わなかったらしい。

その後、外見がどうであろうとも平気で、すぼみにすぼんだ口に、食べものを押し込むように入れ、もぐもぐ、もぐもぐと軟体動物の動きとでもいう動きをしていた。唇まで飲み込んでしまったと思うと、またその唇が出てくる、出たり入ったりを繰り返している。そうして、長いことかかって食事をしていた。ひと噛みひと噛み、口の中で撫でさすりしてとことん味わっているように見えた。歯なんて無くても、何でも食べられる。人間は、本当にうまくできている。歯茎が歯の役割をするようになるからね。年をとろうが、生きていくためなのか咀嚼能力はついてまわる、丸のみしても仕上げは胃がしてくれる。と、もぐもぐした話し方で母は自慢した。

志野は、晩年の十何年間かを歯なしのまま、なんでも咀嚼していた母を思い出したことで、自分もそれを踏襲していけばよい……と、気持ちを楽にした。志野の場合は口の中半分はそれなりの機能を果たしている。母のようにすぼみにすぼんでみせる唇ではない。見かけなら、上の義歯があることで今までとそう遜色はないはずだ。

母の真似して生きようと、そう決めた途端、志野は、はたと気がつく。もしかして、母は歯医者にいくなら、娘婿の医院にかかるしかないとして、それを拒んだのだろうか。母の意地というようなものに突き当った気がした。娘の不幸に寄り添ったのか。志野は愕然とする。志野の別れた夫は歯科医師だったのだから……。他の歯科医院に行くという融通はきかない母なのだ。それとも、歯科医師という歯科医師を敵にまわしたのか。

友人から電話があったときなど、発音が悪く聞き取り憎いだろう……と、最後にごめんさいね。下の入歯がなくてね、発音不明瞭でしょ、と志野が詫びをいれると、あら、ぜんぜん気がつかなかった、いつもと同じよ。と言われる。それも一人でなく、二人、三人から言われると、妙な気持ちになる。まるで昔から、発音が悪かったということを証言されているみたいだ。ずっとそれでやってきたのか……と情けなくもなる。

しかし、人様というは、やさしい。いわば他人事はどうでもよいとして、真実は遠ざけてしまいがちなのだ。たしかに、伝達が可能ならそれでよしとしよう。母のあの努力を思えば半分の努力もしていないことになるのだから……そんなわけで、彼がいなくても生きていける……ということを、体験上知った。

彼の根っこ、いわば精神は生きていた時と同じにあるはずだし、彼はしゃべくりまくるだろう。姿形はなくとも、これからも彼らしく現れてくるに違いない……だから寂しくなんかない……ひとりぼっちではないんだ……そんな呟きを洩らしている志野がいた。それに、彼は真実しか話さない奴だ……と長い経験からわかる。

急に姿を消した下顎の義歯に誘導されてか、生涯決して思い出したくなかった遠い遠い日が、鮮やかに志野の前に踊りでた。


あり得ないことだが、志野は独り北海道に渡る船の中にいた。まだ青函連絡船が運航していた頃の話だ。夜中の出航だった。なぜ北海道なのか、志野自身にもわからなかった。いや新天地を求める無謀さが潜んでいた。揺れる船室に志野はいた。まんじりともしないまま時だけが刻まれていく。いつのまにか、身を起し虚ろな眼が天井を睨んでいた。心の行方の定まらぬさまを、流れていくままに追っていたのかも知れない。

甲板に出た。雪がちらついて、冷気がぴーんと張り詰めた明け方の海峡、誰一人甲板に出ていない。独りの時間さえ持てれば元気になって帰ってこられるのだと自分に言い含め、生き直すために家を後にしたのだ。夫と別れる決意を固めるための三日続きが必要だったのだ。子供たちだけと、実家の母と知恵遅れの兄を連れて、夫のいない遠い土地で新たに暮らし直そう……。それが北海道であり、この旅は下調べのつもりなのだ。すべてを前途に向けて気持ちを煽り立てていた志野である。いっときも子供と離れたことがなかったのに、その時ばかりは子供に納得してもらい、実家に預けて出てきたのだ。

海峡を渡る船に乗ってから、意志とは別に、手に負えない気持ちになってしまった。そのあまりの気持ちの萎えぶりに、われながら呆れ、もてあましていた。危ういという不安……に捉われだしていた。もう、自分の力ではどうしようもない疲れに浸されて、思考力が停止した。ちらついていた雪は量を増し吹雪きはじめた。それに鼓舞されるように、なぜここまで来たか……という意味が、突如わかった……という実感が溢れだした。ある目的をもってここに立っているのだという妙な確信に充たされてきた。当然のように、それへの遂行に向かっていった。ためらいもなく、欄干に足をかけ海の中へ身を投じようとした。天空からか、海底からか、手を曳く者がいた。それも、かつてない慈愛に包まれているような……。上半身はすでに空にあった。あとは宙に浮いて海に没するだけ……そのとき、なんのはずみでか、コートのポケットから、白いものが飛んだ。志野より先に宙に浮い。それは半ば踊りながら重力に従って落ちていった。

志野はかろうじて、重心の傾いた上半身を甲板に戻すことができた。白いハンカチと入歯の白い歯たちがためらうこともなく重なって姿を消したことで、志野は正気に戻った。ハンカチの中には、言わずと知れた下の義歯が包まれていた。まだ入歯を入れ始めて日の浅い新米義歯保持者は、どうにも口の中に納まりがたい折り合いのつかなさをもてあまし、つい、口の中に入れていられなくて、外されていたのだ。下の義歯との別れのとき、アッと声をあげたろうか。人心地ついたあとで、志野は、ああ、彼が身代わりになってくれた……と。ピンクのU字型が白い貝殻をつけて冷たい波に揉まれ、浮かんだり沈んだりしているのを想像して、立ち竦んでいた。

志野が総入歯になった意味は……。まさか、今のこのときのためだったのではないだろう……。ともかく、志野の分身なのだ、U字型の入歯が身替わりになってしまった。身を徹して行動した彼。志野を、子らを、志野の母を、兄を救うために。この一瞬のために、この世に生まれてきたようではないか。志野はわが身を救った義歯の行方をいつまでも心の中で追っていた。その義歯の姿は薄茶色のコートを着て、白髪を晒し、波に身を委ねている志野自身と重なる。志野の心は彼と心中したのだ。遠く波間に去っていく心中者の姿と、抜け殻になっても、ここにある自分の姿に志野は戦慄を覚えた。

怖々と欄干から下の海を覗いた。波間に漂うものはない。なにもない。消えていた。急に、悟るものもあった。彼は水恋しくて自ら身を投げたのだ……と。決して、犠牲になったわけではない。自らのためだった……いや、志野の身代わりを務め終えたのかも知れない。志野の心も何を求めてか、彷徨った。

空からともいえないあらゆる空間から、海からも湧き上がってくる雪。ちらついている白い雪は大きくうねる波へ吸い取られるように静かに次々と落ちていった。そこから、生まれてきたのもいるのに、また、戻っていく雪もある。よく見ると、大きくうねる波に乗ってきらきら光るものがあった。沢山たくさん浮かんで波に漂っていた。くらげではない、もっと硬質な感じで薄いもの。といってもまだ柔らかそう。雪が舞って海の上にと雪崩れこもうとして……その海面に触れたか触れないうちの……その途端に、生れるもの。ただちに溶けるでもなく、凍え固まってしまうわけでもなく、どっちつかずの柔らかさ硬さでもあるらしいもの。シャーベット状の氷の赤ちゃんの誕生だ。薄くて透明な六角だか八角形の赤ちゃんたち。群がっている。大きな流氷になるための旅の始まりの装いをして、大きくうねる波間に漂っている。どろりとした重い波にまかせて大挙して重なりあいながら漂っていく。漂いながら少しずつ成長し、太って大きくなったとき、それぞれがそれぞれに合体し、大きな大きな流氷となってこの海を覆ってしまう。きらきら耀いた大きな氷山と化し海の上を漂っていくのだろう。

志野はかくして、早いうちに下の義歯、分身を失った。深い海の底で、今もたゆたっているはずだ。

生涯口にしないはずだった。隠しおおしたいことだった。自殺未遂のことは、だれにも子供にも知られずに、口を拭ったまま志野はこの世を去っていけると思っていた……。

だから今、突如姿を消した下の義歯は二代目なのである。その手塩にかけた二代目の彼は重い歴史があるなどと言っていたが、彼には一代目のいわくなど知る由もないのだ。それよりも自分は一代目と思っていたのかもしれない。どちらにせよ、どちらも、もうこの世にいない。

突然、姿なき声、声なき音がした。

ほら、わかったでしょう。生きようとしたとき、根っこが生まれるということが……。三十年を振り返ってくれたことで、何もかも明らかになりました。わたしとしてはですね。またも海に投げ捨てられる憂き目には遭いたくないばかりにですね、いろいろ細工したのでございますよ。二代目として生まれてきたものとしての用心深さです。自分のことだけ言ってるわけじゃございません。もう、おわかりだと思いますが、志野さんあなたのね、危なっかしさ見ていられなかったですよ。あなたに根っこをね、生きるためのをですね。それも太い逞しいばかりの根っこをね、ともかくわたしは自分で言うのも何ですが、随分と苦労しましてですね、工夫に工夫を重ね、それがつい生き甲斐になってしまって、志野さんお前さんのために奮闘してきた歴史があるのですよ。いわば、意志とか精神を強める作用の研究といいますか。これを自分で言っちゃおしまいなのですがね。

そうそッ、ほら、志野さん、思えば束の間というのかもしれないけれど、夢だと言ってた独りでの山登り、山歩きだってちゃんと実践したではありませんか。女でなく男になり切って。悔いはないでしょう。それだって、わたしはちゃんと後押ししてあなたを守ったのですよ。あなたの意欲に賛同したからですし、その意欲だってわたしが何らかの関りをしていたかもね。まっ、これを言っちゃおしまいですかね。言わぬが花ということもあるのに、わたしはやっぱり腰軽でして……。

話せば、あなたが思い当たることたんとあるんですよ。きっと嬉しがって、思わず手を叩いたり、深く頷いてくれるようなことがね。

つい、お喋りしてしまいました。お後は、またにします。では。

黒い象

一つの黒いほくろが大きく大きくなっていき、やがて体から離れ、黒い象になって立ち去る。そんな夢を見た。

その黒い象の、後姿のなんと寂しかったことか。

鹿の子は七十三歳、鹿の子婆と呼ばれるようになって久しい。

気がつくと、胸の中央、鳩尾のあたりにぽちんと何かがある。小豆粒ぐらいの可愛いイボではないか。もしかして、長く生きてきたご褒美かしら。それとも失われたものへの哀切な気持ちの現れとでも……。鹿の子婆はそれをそっと撫でてやる。そっと摘まんでやる。

それきり忘れていた。何かころころしているものがあるな、と、新たに気がついたような思いで、摘まんでみたら、それは太く大きくなっていた。

そうそ、こないだの奴ね。おやまあまあ、忘れないでくれ……って言ってるの。大丈夫よ、毎日石鹸つけて洗ってやるわね。そういいながらも、鹿の子婆はまた忘れていた。そのイボが、胸にあるというのがいけない。無視されるしかない位置だということもある。

何しろ右胸は空っぽである。隆起がないということは扁平ということで、それよりもさらにえぐられた形になっているので、つい見ない、触れない、が習い性になっていた。

癌を病んで摘出したのでその件は一件落着、それはそれですんだこととして、別に気にもならない鹿の子婆なのだが、その陥没した淵というかその近くに、なんでわざわざ何やらがお出ましになるとは……いくら小さな奴にしても、気にしてくれ、と訴えているようなものではないか。こんな所に突出物が顔を出すというのは、妙にわざとらしい。

一体何を現しているのやら、何を言いたいのやら……その上、少しずつでも大きくなっているとなれば、まるで関心がないとばかりは言っていられまい。

忘れたいことを、忘れさせてくれないという何ものかの存在が、見え隠れしているような気がして、いずこともなく見回す。虚ろになった眼が空を一巡した。

気がつくと、さらに、大きくなっていた。泣く子は育つというけれど、あなたは泣かないでも、育ってしまうのね。しかも、仲間を増やすというか、子を産んで育てているというか、まるで葡萄の房のようじゃないの。それはまったくその通り葡萄の房だった。見ている間にも数は増え、ぐんぐん大きくなって垂れ下がり、三角錐になって垂れ下がり、重くなってしまった。

最初は豊饒なるものよ、豊饒なる女神かいね、とからかえたものが、そんな軽口は叩けなくなった。重く垂れ下がり過ぎて、傾いているではないか。川べりに柳の木があって風になびいている風情なら趣もあろうが、葡萄の房状の三角錐が身の置き所がないといった態なのだ。傾きっぱなしで、陥没した右胸にずり落ちようとしているのだから眼も当てられない。もしかして、こいつは、いや、一個ではないのだから、こいつらは右胸の地ならしめいたことをするつもりででもあろうか。隆起がないのを埋め合わせでもしようと企みでもしたのだろうか。

鹿の子婆は余計なことはしないでおくれな、と言いそうになるが、思わず口を抑えた。つまり、このイボは、エゴの塊。拘り強く、自分を押し通した故なのだ……と、誰かが遠くで言っている声がしたのだ。密やかだが、強い押し殺した声を鹿の子婆は聞く。それは自分の声にほかならない。

大きくなったイボは破壊の道に辿りつく。兇暴になっていく。自分の意志でなく、大きな大きな葡萄の房になってしまったこのイボが、持たざるを得ない宿命のようなものなのか。巨大化したものは、本体とは別の意志を持つのだろう。ここでの本体は最初のあの可愛いともいえるイボのことなのだから、なんとまあ……という変りようである。

葡萄の房は更にどんどん、どんどん大きくなっていき、やがて、その塊は鹿の子婆の体から離れていくのだろう。

黒い象になって去っていく。大きな大きな図体を揺らしながら去っていく。後姿の寂しげな……。

その象の姿に悪意に満ちたものは何もない。黒い大きな塊……黒いがゆえに、大きいがゆえに寂しさのいや増して……底知れない寂しさ漂わせて去っていった。


いつそんな夢を見たろう。いや、夢などではない。鹿の子婆は現に自分の胸であって自分の胸でないそのしろものを、脅威をもって眺めているのだから。

鹿の子婆はどっちでもよいと眼を瞑る。どちらにせよ、この頃では何もかもがあいまいになってしまう。触れて確かめようとするには、なんと右腕が重いことか。利き腕だから、どうしても不自由を感じる。胸に手を持っていって当ててみることさえできない。いつだって重い。重すぎるのだ。癌を摘出したときからだから、もう、五年になろうか。転移を怖れて淋巴腺までとっているから、後遺症の痺れはあるし、不自由であってしかるべきなのだ。だから、胸の中央に大きな葡萄の房がぶら下がろうが、重いもの同士なのだから一緒に面倒みればよい。

年を重ねるということは、負っていた荷が、更に重くなるということだし、どんどん重くなって身動きできなくなったときが死なのだから。足が手が首が頭が、ひとつまたひとつと重くなり、すべて重くなるのだ。逃れようのない重さの迫り来るのが、それを感受するのが、生きてきた証というものだろう。

この頃では、緑内障のせいか、目の前のものがあいまいになるというより欠落してしまう。その一方で、遠い過去が、いやにしっかり掴まえられていてぎょっとすることがある。つまり、実態がないようなものに翻弄されている。

幼い頃の、記憶のあまりの鮮やかさにたじろぐこともある。黒い象のことにしたところで、その一環ではないだろうか。

漸く字が読めるようになったときに、インドの民話だかを読んだのかも知れない。今はただ、黒い象だけがそこから抜け出して鹿の子婆の前に登場した。

この頃、昔のイメージというのやらが、やたら、跋扈する。言葉通り飛んだり跳ねたり勝手気儘をしている。何やら、今までと違ってきている。強弱、遠近、感じるということやら、見えるということやらが逆立ちしている。長く生きていると、いろいろあるものらしい。いろいろあっても可笑しくないし、それが面白いくらいだ。心のどこかで、思いがけないことと出遭いたい願望は、性懲りもなく幼いときからある。いつだって鹿の子婆は、好奇心の塊だ。

少しの火種があれば、火吹き竹で、火をぼうぼうと力強く燃え上がらせることが出来るという思いと同じに、まるでほんとうにあったことのようにぼうぼうと見え始めてしまう。そのイメージというものに翻弄されている。今頃はどこを探しても火吹き竹などというものはないのに、火の扱いのうまい子だ、と言われた子供の頃の思いをそっくりそのまま持っていて、火吹き竹をいまだに手にしているつもりの鹿の子婆なのである。幼かった時代の方にこそ思いの深さがある。どこかでそう思い、そこに焦点を置きたがっているらしい。

これは、癌を得、片胸になり、腕が自由に使えなくなってからの足掻きというか、自己否定へ傾きかけるそれを抑えようとする切なる願望、反動ともいえる。否定でなく肯定したい鹿の子婆なのだ……老いた自分を……。

どちらにしても鹿の子婆はバランスを崩し、正常の感覚から取り残された感を深くしているし、加えて、エゴの塊だの拘り強いと言われたことが、それこそ拘りになって心の奥底に引っかかっているらしい。自分の声なのだから気にするな、といっても気になるわけで、いやもおうもなくといった形で鹿の子婆は立ちつくしている。

彼女はどこに立っているのだろう。どうも山ではない。あんなに山に憧れ、腕が重くて動かなくなる前は、いつも、これが最後になるかも知れないという思いにまかせて、独り山に入っていったものなのに。

イメージだけで、どこにでも行ってよいと言われたら、鹿の子婆の場合、山だろうと思うのに、山ではない水の見えるところに立っている。川の見下ろせる土手に飄々と立っている。

しかも、生まれ故郷というわけでもないのに、疎開先の利根川の土手ではないか。じっと流れいく水面を見つめている。そこから、鹿の子婆の人生が始ったとでもいうような……。

堤に立って遠いところを見るともなく見ている姿だ。まるで川から引揚げるものでもあって、それを確かめたいとしているような。川底で沈んでいるものが、ぽかっぽこっと浮いてくる。沈んでいるものは折をみて、いや、沈んでいることに、潜んでいることに、耐えられなくなって、底の底のほうから浮かんでくるしかないらしい。

先ずは、イボが出来たのがきっかけだ。その一個のイボが発してしまう引力というか、挑発。明暗を秘めた力を発揮しはじめる。強力な磁石のようなものだから、一個また一個とくっついてしまうのだ。ぽこっと浮いてきては胸に張り付いてしまうのが鹿の子婆には見える。次から次と張り付いて。面白がって張りついてしまう。

それなら、剥がす方法もあってよい。大きくなりすぎるのを待たずに対処しよう。黒い象になって去っていくのを待つことはない。いやだ、あんな寂しいものは見たくない。だから、先手を打つ。

鹿の子婆の口元がほころんだ。ひと粒ひと粒と剥がしていく。その思いつきに声を出して笑った。剥がすとき、お念仏を唱えてやろう。しっかり頷く。何の信仰も持たぬ鹿の子婆が、急に念仏などと、よくも思いつくものだ。ほんとにまあ、人並みのことを……と、また可笑しくなる。

この世の中、賽の河原ではないけれど、ひとつ積んでは、また積んで……を繰り返しているようなものだ。果ては、総崩れとなって何もなし。それでも、そのようなものなのだから無駄と承知していても、ひとつ積んではまた積んでを繰り返していくしかないのだ。

念仏を覚えるのもよいが、いずれいやでも、気がついたら唱えて歩いている姿がそんな先ではなくあるはずだから、先取りすることもあるまい。念仏は自然に覚えるにまかせるさ。必要とあらば身につくものさ。

自分が今しなければならないことは何だろう。すぐ始められることは何だろう。彼女は思いめぐらす。気がついたが吉日。先送りは好きでない。やれることから始めよう。

鹿の子婆の内なる声が囁く。葡萄の房のひとつひとつにお話をつければ……と。そして、黄な粉をまぶしてあげれば、とも言う。

何だかそれは鹿の子婆の思っていた祈りめいた思いと通じる。彼女はそれをすることにした。

鹿の子婆の手の平は、可愛い小さなお団子でも作っているように、こねこね し始めた。くるくると両の手の平の間で転がしている。可愛い小さな丸い物は、胸に下がった葡萄の房の粒をでも模したのだろうか。

おや、これはビー玉だ。そのビー玉を目の上にかかげ、光に透かしてみる。なんの変哲もないただのガラスの玉なのだが、やっぱり、中に気泡があって……でも、それがなんとも美しい。宝石の美しさを知らないわけではないが、身近なものとして見たことがないので、ガラスの一片をでも日にかざしてうっとりする鹿の子婆なのだ。

このビー玉自身が鹿の子婆を助けようとしているのか。鹿の子婆は何が出てくるのやら楽しくなった。手の平はくるくるとビー玉を転がしている。

お話　一

ピコロちゃんあそぼ。ピコロちゃん遊びましょ。昔、子供たちは近所に沢山いた。子供はみんな外に出ていて路地にあふれかえっていて、日が暮れるまでを遊んだ。ろくに弁がまわらないときから、遊びたい子の家の前に立ってその子の名前を呼んで誘いあったのだ。ピコロちゃんというは、ひろ子ちゃんと言えない幼子が、まわらぬ舌で漸く言えたのが、ピコロちゃんだった。みなが面白がった。それでいつの間にかピコロちゃんになった。「ピ　コロ　ちゃん　あ　そ　ぼ」節をつけ歌うように呼ばれるのに答えて、「は　あ　い　あ　そぶ」とその歌に続けながら外へ出ていくのがきまりだった。むっちりした白い足に赤いぽっくりはよく似合う。

ピコロの左手は固く握られている。横丁で遊ぶときはいつだってそうだ。何持ってるの。見せて。とせがまれでも、首を横に振るだけで、手を開くことはない。じゃんけんぽんしたり、おはじきしたり片手で遊べることはしても、両手を使わなければ遊べない縄跳びや押しくらまんじゅうの遊びのときは、黙って横にそれて、見ているだけだった。

家の中にいるときは、自分用のひとつしかない小さな引き出しの奥にしまってあるが、路地に出るときはしっかりそれはピコロの手の中にある。家の中では効力が発揮されないが、路地だと、いつこのビー玉がピコロの願いを叶え出すかわからないのだから、片ときも離せない。わくわくどきどきする思いで、それを握りしめているのでしっかり握られているので、ビー玉は汗まみれだ。

その頃、からかい言葉に、「でーぶでぶ百貫でーぶ、電車にひかれてぺっちゃんこ」というのがあって、ピコロはよく囃されていた。囃されているうちに、ほんとうのでーぶになっていくような気がした。ピコロの家がチンチン電車の走る電車通りに面していたからか。悲しかった。ピコロの家は床屋とパーマ屋をやっていて、その頃はまだ珍しい三階建てだった。坂の下だからブレーキをかけながら斜めになって下りてくる電車をいつも見ている。その電車の下敷になって、でーぶでぶ百貫でーぶは紙のようにひらひらになっている。ピコロの姿は冷たい線路の上にある。一人遊びの好きなピコロはいつも紙人形で遊んでいたが、ひらひらした紙になった自分と遊んでいただけなのだ。路地に出ているときは、もう一人のピコロである紙人形は、引き出しの中で留守番をしている。

長じてからわかるのだが、ピコロは、ど近眼だった。離れたところからゴム紐が見えるはずもないのに跳ぶのは無理だったのだ。見えないとは知らず、みんなもそうだと思って、やみくもにただ跳んでいたなんて……ゴム跳びはずいぶん怖い遊びだったのではないか。いつだって、ゴム紐に足が絡め取られてしまうだけだった。ど近眼だということは誰も教えてくれない。誰にもそれがわかるというものでもない。バカだということは、誰にでもわかられてしまうらしいが。

戦争が負けて、少ししてから眼鏡を買って貰ったとき、えっ、今までは世の中を半分も見ていなかった……感じてもいなかったのだ、と驚いた。あらゆるものがこんなに鮮明だったとは……物の形がくっきりと線で描かれていて、みなそれぞれ別個ではないか。部屋の隅の隅っこのごみまでが自己主張していてきれいだった。それらはあまりにも鮮烈で声を呑んだ。おぼろげなものなど一つもない。それまで、ピコロはおぼろの中で生きていたわけで。自分もおぼろだったに違いない。

遊びに出るときは、下駄を履いていても、いざ遊ぶときは、みな跣になった。履いてきた下駄はどぶ板の上にきちんと並べられた。下駄の数を見れば遊んでいる子供の数がわかったものだ。

　仲間外れにされがちだったピコロに、路地に面した裏木戸を開けた斜め前の家の、ピコロより一つ年下の竹ちゃんと一つ年上の弘ちゃんだけは、いつもやさしくしてくれた。ピコロが板塀にもたれてしょぼんとしていると、手招きして、ここへおいで、という。ほかの子みたいに大きな声を出さないし、普通の子みたいに取っ組み合いの喧嘩もしない。怒る声に怯えてしまうピコロはその空気から逃れたいだけだった。ピコロの家の中も何だか知らないけれどいつも騒々しい。誰とも違う雰囲気をもったその二人がいるから、路地にいられるようなものだった。家の中には引き出しはあってもピコロのいる場所がない。それでなくとも、雨が降らない日には子供は外で遊ぶものと決まっていたから、家の中でぐずぐずしていたら、追い出された。

　弘ちゃんの家はしもたやで、三軒長屋の真中で、玄関前はちょっと高くなった畳一畳ぐらいの三和土（たたき）があって、その上に立ってよく拭きこまれた格子戸があった。鉄のレールが線路みたいに走っている敷居をよいしょとまたがなければ、家の中には入れない。そのときも格子戸が開いていて、その敷居に三人で坐って蝋石で三和土に絵を描いていた。ピコロは赤いぽっくりを履いたままだったし、弘ちゃんは黒い鼻緒のちびた下駄を履いていた。竹ちゃんは青い運動靴で、先の方に穴が空いていて可愛い親指が覗いていた。それがときどきぴくんと動くのが面白かった。

弘ちゃんは絵を描くのが好きで……上手だった。竹ちゃんもうまかったけれど弘ちゃんの真似だった。ピコロは真似してみてもうまく描けない。描けることといったら、歌いながら描くまある子さんが乙とってえ、一銭もらって飴買ってえ、だけだった。弘ちゃんがガッタンゴットンと描く汽車は、ポッポといいながら、白い煙を吐くと本当に走っていきそうだった。竹ちゃんは汽車が走っていけるようにと、急いで線路を描いていく。ふたつの蝋石を両方の手に持って、同時に二本の線を引く。ポッポシュッシュと口で息を吐きながら汽車に追いつかれないようにと忙しい。

奥から、ご飯だよ、弘ぃ、竹と呼びながら、小母さんが出てきた。小母さんはえんじ色の足袋を履いていた。足袋の先は丁寧に黒糸で繕ってあってその針目がきれいに並んでいる。ピコロは思わず自分の足の指先を見る。

おや、ピコロちゃんもいたの。お上がり。なにもないけど、弘たちと一緒に食べなさい。

弘ちゃんと竹ちゃんに両方から手を引かれて、ピコロは丸い卓袱台を囲むようにして坐った。小母さんが出してくれたのは、ご飯の上に黄な粉をまぶしたものだった。甘くて、おいしかった。ご飯の一粒一粒が黄色い甘い粉に包みこまれていてころころ踊っていた。ピコロちゃんの家ではこんなもの食べないだろうけど、弘たちは大好きなのよ。そういいながら、小母さんは別のもっと小さな卓袱台の上で袋張りの内職をしていた。頭には古びてはいるがよく洗いこまれた手拭で姉さんかぶりをしていた。その下の顔はいつも微笑んでいた。

よその家に上がったのは初めてだし、よそでご飯を食べたのも初めてのことだった。こんな可愛い卓袱台も初めて見た。ままごとしてるみたいで楽しかった。

いいな、いい母ちゃんなんだなぁ。小母さん大好き。弘ちゃんたちが羨ましかった。

その後、ビー玉で遊んだ。玄関の敷居の上で転がしたり、路地の土の上で当てっこしたりした。遅くなって家に帰ったとき、ビー玉を一っこ、しっかり持っていた。

ピコロはビー玉を引き出しの奥にしまいこんだ。明日返さなければいけないことは知っていても、返す気はなかった。胸がどきどきして、ほっぺも赤くなっていたのだから。

ピコロちゃんはよい嫁さんになるよ。

小母さんは目を細めピコロを見て言った。毎朝、毎朝この路地お掃除してくれてありがとうね。この路地の朝はいつもきれい。ピコロちゃんのお蔭よね。ピコロはびっくりした。誰も知らないと思っていたのに……洋服屋のおばさんだけはとっくから知ってるけど……ピコロが路地を掃いてることは家の者さえ知らないことなのに……。家は坊主ばかりだから、ピコロちゃんのようなお嫁さんがきてくれるとよいのだけれど。

ピコロは嬉しかった。こんなやさしい小母さんちの子になれればいいな……ほんわか嬉しくって、あたたかいもので心がいっぱい……気がついたら弘ちゃんが持っていたビー玉が手の平にくっついてしまっていて離れなかったのだ。

ビー玉を持っているわけでもないのに、夜具の中でもころころ廻していた。いつまでも眠れなかった。ピコロは角の洋服屋の小母さんのことも、やはり、手の平をくるくる廻しながら、思い出していた。

いつも、店の前をお掃除してくれてるから、これ、お礼よ。といって、可愛い花がいっぱい咲いている柄の、大人と同じ形の割烹着をどうぞと言って、ピコロの両手を握ったと思ったら、袖が通っていた。あのときも、驚いた。そして恥かしかった。似合う似合うといって、後ろに廻って紐を結んでくれた。小母さんは子供がいないから、ピコロちゃんにぴったりでよかった。丁度よい端布が出たから縫ってみたの。ピコロちゃんが小母さんちの子になってくれないかなあ。その割烹着に手を通すと、小母さんの手のぬくもりを思い出す。そして、何でも出来る気持ちになれる。小母さんみたいに、いつもガタガタとミシンを踏めるピコロになれそうだ。ミシンをガタガタ踏んで洋服屋の小母さんに前掛け作ろうかな。

ピコロはお気に入りの割烹着で、誰も道に出ていない頃を見計らって外に出た。誰もいない朝早い道がピコロは好きだった。店の前の石畳から始まって、横丁の土の道を掃いた。土の柔らかいような感触も好きだった。角の洋服屋の前を掃くときは、すっかり洋服屋の子供になっていたし、弘ちゃんちの前を掃くときは、ここの家のお嫁さんなのだからと、その気になって箒の掃き目がきれいになるようにして掃いた。どぶ板の上を掃くときは気をつけないと、大きな音がするので、忍びの者になってそろっと、どぶ板の上に乗り、そろっと掃いた。そんなときピコロは黒い装束の忍者になっているのだった。

ピコロは働き者だと自分で自分に言ってきかせ、ひとり頷いて納得していた。黙って体を動かしているのはもっと小さい頃から性に合っていたのだろう。それにひとりが大好き。

ピコロのビー玉は、いつの間にか引き出しの中にしまわれたままになった。

ビー玉を持っていることで、また、黄な粉ご飯が食べられると思っていたわけではない。急に、小母さんが家の子におなりよ。お嫁さんになってくれるかい。と言ったとき、ビー玉を持っていなかったら、返事もできないでまごついてしまうのではないか、と、おそれてもいた。ビー玉を持ってさえいれば力が出るような、ビー玉がなんらかの力を発揮してくれそうな……路地にいるときは、ビー玉はいつも手に握られていたし、握っていないと安心できなかった。それはずいぶん長い間だったと思う。あるとき、ピコロは試した。寝るときには引き出しに入れておくから、手にはないのに、手の中にある、という不思議は路地でも通用するかしらん……と、大丈夫だった。時々、路地で手の平を合わせてころころやってみた。ビー玉はころころちゃんとあった。

それからのピコロは片手でしかできない遊びではなく、お手玉も、縄跳びもした。公園へみなで遊びに行った時には、今までしたことのない鉄棒もやった。苦手のゴム跳びや羽根つきは一切しなくなった。今までやらなかった遊びに熱中し、出来るまで頑張った。独りぼっちで出来る遊びが好きだった。手にマメができても、それが潰れて痛くても、我慢できた。縄跳びも、ばつ挑び、二重跳びも覚えた。独りですることなら、何にでも夢中になれた。マリつきにも熱中した。遊び方にもあそこまでここまでと挑戦するのに限りがなかった。手の中にいつもあるビー玉のお蔭だと強く思うのだった。

ビー玉というのは、本当は人間の心？　心がその形をつい見せてしまったものなのかも知れない。

人間の中に住んでいる心というものにしても、ときには化けてみたくもなったりするのだろう。ビー玉に変身して外に出てくる。ピコロは何が何だかわからないことでも本気で考える癖がある。

心というものは、見えないものだけれど、魂というものも同じだという。ピコロはいつかの夕暮れのことを思い出していた。

路地の縁台で、将棋好きの爺さまから、人魂の話を聞いたことがある。死んだら、魂は人の体から離れてふわふわと浮いていくのだと。こんなふうにうす暗くなった夕方にな。魂ってなあに、と聞いたら人間の心だという。心は誰もがもっているものだけど、目には見えないものだよ。

ビー玉は心の形だ、と、ピコロは思う。だとしたら、ほかのもの、どんなものにも心があるはずだ。心があるから、本当は見えないのに、ビー玉の形としてここに在るという不思議をみせてくれているわけなのだから。

ピコロは何もわからないのに、またまたわかったような妙な気持ちの中をしばらく漂っていた。草にも木にも、きっと食べものにも心があるに違いない。だから、生きているし、ここに在るわけだ。そうだみんな同じ生きものなのだ。

そう思って、形ある物の前で手の平を合わせてくるくるさせてみると、どんな形の物でも、その形はそのままそこにあるのに、必ずビー玉型のころころにもなってみせた。ああ、これがその証拠なのだ、うん、とピコロは頷く。

そして何時の間にか路地はひっそりし、東京は空襲になり、路地の子供たちはみな散りぢりばらばらになった。みんなそれぞれが、学童疎開やら縁故疎開やらで姿を消していったのだ。

疎開先にビー玉を持っていったのか、持っていかなかったのか覚えていないピコロなのだが、川の中にあのビー玉があったときには驚いた。

鹿の子婆は話に終りのこないことに気がついた。でも、これでひとつのお話ということになるかしら。

そう鹿の子婆が呟いたとき、彼女の胸がむずっとした。鹿の子婆は思わずそこに手を伸ばそうとして、右手の重さは相変らずなので、利き手でない左手で、そっと胸にぶら下がっているものに触ってみた。三角錐の先端のひと粒に触れたか触れないうちに、そこからひと粒が転がり落ちて、鹿の子婆の手の平の中に納まった。ビー玉の重さほどはありそうだ。しかし、あの固さはない。もっと柔らかい。言うならば、しんこ餅のような感触である。あれぇ、黄な粉がまぶしてあるではないか。あの、甘い黄な粉だ。

手の中にあるひと粒の確かさ。まるで約束したみたいにひと粒取れてしまったのだ。

随分長い話だった気がするが、ほんの一瞬だったのかも知れない。それにしてもやっぱりやれやれというものだ。

鹿の子婆は、もう、遠くを見詰める目つきになっている。何者かを待っている目つきだ。

すかさず、ピコロが呼ぶ。

ちょっと待ってね。渋茶のひと口を呑んでからよ。ピコロちゃん遊ぼ、って言うからね。

鹿の子婆はポットから急須に湯を注ぎ、茶を啜る。ひと息おいてから、「ピコロちゃんあ そ ぼ ピコロちゃんの二番目のお話は？」すかさず鹿の子婆は訊いている。

お話　二

ピコロの疎開先は茨城だった。子供六人と母親は父親の生まれた地へと空襲から逃れていった。その頃、すでに東京の上空にはアメリカの飛行機Ｂ29が飛んで来て爆弾を落としていた。父親は警防団長で東京を離れられなかった。

そのときから、父親がいるのに父親不在の家庭になるとは、心細さの前で誰も知るよしもなかった。

窓を開けると石炭殻の入ってくる汽車に長いこと揺られた。一度来たことのある成田とかいう駅を通り越し、いくつもの駅に止まってはまたごっとんと走りだしたりして、漸く目的の駅に降り立った。初めて見る親戚だった。手拭でほっかぶりした勘兵のおっかあと、ぼろっこを首に巻きつけた六佐ェ門の跡取り息子だという一郎さんが迎えに来ていた。父親の従妹と甥に当る人だという。

東京のたいらにはきつかんべども舟に乗ってくらっせい。木炭が供出にとられてよ、バスは走らなくなっただよ。と勘兵のおっかあが言った。駅の裏に川があって、そこに繋いであった農舟に荷物を載せ、むしろを被せた。そこに凭れて、風をよけ、人家のある小さな川から大きな利根川へと出ていった。村で名うての舟漕ぎだという一郎さんは、大きな川へ出ると、竿から櫓に替え、ぎいこぎいこと音を立てて漕いでいた。初めて乗る舟はゆらゆら大きく揺れた。びちゃびちゃぼちゃんと絶えず舟を叩く音がしていた。

日はすぐに暮れた。風は大きくなった。着ているものが脹らんで風でばたばた鳴った。誰も口をきかなかった。がたがた震えていた。ガチガチと歯が鳴っていた。おっかあと一郎さんが、口に手を当てメガホンにして大声をあげている。この舟よりも大きい屋根のついている船に助けを求めているのだ。向かい風で先に進めない。どんどん流されているのだという。引っ張っておくれぇー、おねげぇしやすよう、と頼みこんでいた。疎開早々に味わった恐怖だった。暗く不気味に光る波が高く低く動いている。体が思い切り上下した。家族丸くなってみんなでしっかり掴みあっていた。川の中に魔物がいるのだと思った。川の底、もっと底の地底からの呻き声がする。生きた心地がしない。長い時間だった。大きなといっても、さして変らない舟と繋がって、まったく先の見えない暗い水の上で、大揺れに揺れていた。その舟は動力で動いているのだと母が教えてくれた。

漸く、横利根に入ったのだ、と、だから閘門がある。これで、ようやく風と別れられっぺ、おっかあが説明した。

閘門を通るとき、ギイッギイと音を立てて鉄の大きな門が開き、ふたつの舟を通すと、また音を立てて閉まった。この川が千葉と茨城の県境だという。その長い川は、いつまでも続いた。その先に潮来があって霞ヶ浦に続いているという。両岸が遠くにあり、黒く帯のように連なっていた。

卜杭（ぼっくい）という村についたときは、みなよく生きていたと思えるほど、半分死人になっていた。命からがら東京から逃げてきた姿だった。地面の上に降り立っても、波の上にいると同じに揺れていた。鼻をついたものは、かつて嗅いだことのない臭いだった。これが、疎開ということだ、と、ピコロはしっかり覚悟させられた。まったく別の世界、異国にきてしまった、という感を深くした。

囲炉裏端というものの前に坐って、体を暖めたが、暖かくはならなかった。ぬくうなったか、ときかれて、こくんと頷いても、ガチガチと歯がなっていた。囲炉裏で燻っている火が怖かった。それの揺らす大きな黒い影が怖かった。部屋の隅の方はもっと暗く、闇だった。鬼の棲んでいる家かと思った。ピコロは、小さく坐っている両脇の弟と妹を、しっかりと掻き抱いていた。村には、電灯というものはまだ引かれていないのだという。遠い国の言葉を聞いているようでわかりにくかったが、それを舟の中で県境の話を聞いたときと同じに、弟妹にわかり易く伝えなければ、とピコロは思い続けた。半分以上はチンプンカンプンの言葉だった。

暗闇の中で、唸る風の音や、その風が板戸を叩く音を聞きながら、藁のいっぱい敷き詰められた土間続きの部屋で寝た。藁は、ごそごそごわごわしていたが、暖かかった。体が深く沈んで、包みこまれた。いい匂いだった。この匂い好き、と呟いてすぐに寝入ってしまった。弟と妹の頭がぶつかり合いながら、ピコロの胸の上にあった。

ピコロは、ここではもうピコロではない。ひろ子やあ、になった。自分がよその人になったみたいだったが、それにも慣れていった。疎開っぺ、東京っぺ、と馬鹿にされながら、ひろ子やあと言われるたびに村の子供になっていった。

ころりと落ちた気配に鹿の子婆は胸をまさぐり、落ちた一粒をつまんだ。ほやほやの黄な粉餅。お話は進行していく。

お話　三

一郎さんは肺病病みと言われていた。だから、兵隊にも取られないのだ、という。どっちにしても、間もなく死んでしまうのだともいう。勘兵のおっかあが、みんなに言ってきかせた。うつる病いで誰も寄りつかない、寄りつかせないのだそうだ。ひろ子やあはわざと一郎さんの傍にいってみたりした。一郎さんには味方がいない。戦争に行かないので村の子供たちから非国民だ、と遠巻きにして罵られていた。肺病病みの一郎さんは、白くて長いピアノ弾きみたいな手で尖ったものを砥石で砥いでいた。尖った先が三本もあってぴかぴかに光っている。日にかざして砥ぎ具合を見ているのをみて、ひろ子やあは勇気を出し、どきどきしながら訊いてみた。それ、何するものなの。一郎さんは黙って笑っていた。明日、早く起きられるかい。朝起きなら大丈夫のひろ子やあは思わずこくんと頷いていた。

まだ暗かった。疎開してきたときの舟より、もっともっと小さい舟だった。その舟の真中に小さなあんか炬燵があって、そこにぬくまってろ、と言われた。

田んぼの中の小さな細い流れをえんまというのだとカンテラを高く上げた先で教えられた。そこは薄氷でふたをされているみたいだった。その薄氷を舟の先でピシピシ割りながら進んだ。舟が進むことで氷は割れていくのだった。一郎さんは竹竿を上手に操っている。ひろ子やあは、ただ蹲っていた。空気も冷たく凍っていて、えんまの薄氷と同じに空気をもピシピシ割りながら進んでいるみたいだった。耳が切れる寒さとはこういうことを言うのだろう。

舟を止めたと思うと、長い竿がぱしッと氷を割って、えんまを突き刺していた。舟を漕ぐためのではない別の竿だ。その先に黒っぽいものが突き刺さっていた。魚の串刺し。その魚を突き抜けた先に、三本の尖った光があった。突き抜かれているのに、魚はぴちぴち、ばたばたと音させている、それが、ぬっと、ひろ子やあの前に突き出された。鮒だよ。これが銛というものだで。こうして鮒を捕るための道具だべ。鮒も凍って動けねぇから捕れるだよ。

一郎さんは言いながら、魚篭（ビク）に鮒を入れ銛を引き抜いた。魚篭が大きく揺れていた。魚篭が生きものになった。ピコロの傍で動いている。息してる。

別の日、やはり舟で、葦のいっぱい生えているやわらという広いところに、暗いうちから連れていってもらった。そこでは鴨捕りを見せてくれた。丈の高い萱の間を掻き分けて舟は行く。ズドンと鉄砲を撃ったと思うと、舟を降りて葦の中に入っていく。胸まである長靴を履いた一郎さんは、戻ってくるときには、鴨の首のところを掴んでぶら下げてくるのだった。ひろ子やあの見ている前で、首のところに縄をくるっとかけて引っ張り、縛った。舟を降りるときには、一郎さんの腰には、絹で繋がれた何羽もの鴨が首を束ねられていて、鴨は体も足も、だらりと伸ばしきっていた。

鴨はまだ寝ているべよ、その間にズドンとやられてよ、この始末だべえ。

ひろ子やあには、一郎さんは普通の人ではない、と思えた。本当はこの世に存在しない男の人なのだと解釈した。

その一郎さんは、それから間もなく、雪がうっすら降った朝に、真っ赤な血を吐いて死んでしまった。頬の赤い、男にしては色の白い、目の大きな一郎さんは、薄い雪の布団を着て眠っていた……という。

本物の人かしら、と何度も思ったことをひろ子やあは思い出す。朝の霧の中で竿を操っている一郎さんの姿は、いつも、ぼうと霞んでいたから。この世には生きていない人かも……。でも、こうしてこの世のことをやりにきてくれている働き者……なのだ。薄暗い仄かな夜明けどきに、幻想の中に引き摺りこまれ、ひろ子やあは、一郎さんと時を過したのだろうか。

もう、影のような一郎さんはいないのか。もうすぐ死ぬ、と勘兵のおっかあに言われたからって、その通りにすることはなかったのに……。

ひろ子やあは、それを聞いたその日、川端に差し渡しである板っこの上にいた。動くとゆらゆら揺れる上に乗ったまま、動けなかった。寒くて手がかじかんでも、体中が凍ってしまってもいいと思った。一郎さんはもっと寒いのだろうから、ひろ子やあも寒い思いをしなければならないのだった。それに、疎開の時、迎えに来てくれた舟の上も、寒鮒捕りも、鴨捕りもみんなみんな凍ってしまうほどのことばかりだったのだから馴れている。

それまで何を見ていたのだろうか、夕日が射してきて川面が赤く染まり始めたとき、さして深くない川の底を見て、ひろ子やあは声を上げていた。あっ、ビー玉。ひろ子やあが疎開する前、持っていたビー玉ではないか。どして、どうして。ひろ子やあは呻めくように、喉を詰まらせ、川の底にあるビー玉をいつまでも、いつまでも見詰めていた。水の中でも、夕日に照らされたビー玉は赤く燃えていた。ひろ子やあの背中も夕日で赤く燃えていた。

鹿の子婆の胸が、氷の尖ったもので突っつかれたように、きゅんと痛くなった。慌てて、そこに左手がいった。ころんと転がり落ちたものを受け止めた。黄な粉をまぶしたひと粒の葡萄だった。


鹿の子婆の中から、密かな声がした。

過去の記憶に酔ってるね。それで、誤魔化そうとしているのかな。

別に誤魔化そうなんて……何を誤魔化すの……誤魔化さなきゃなんないことなんてない……鹿の子婆は抗弁するつもりはないが、何だか、自分に向けてしどろもどろになっている自分に気がつく。

甘い黄な粉をまぶした粒が、この手の平をころころと通過していった事実を言われているのか。思い出は生きものだ。ある一点を抽出して、もう一度生き返らせてくれたことで、ある感慨に浸ってしまったのは確かだ。嬉しかったこと、哀しかったことの再現は、まるで別の人生を生きているようではなかったか。過去というのはいいことばかりではない、切なく惨めだったことも、時を経てみれば、浄化され、緩和され、美しいほうへと傾く。

しかし、甘いことにかけては誰にも引けを取らぬ鹿の子婆だから、そう言われたらぐうの音も出ない。

余命いくばくもないと悟ったとしたら、することあるでしょ、立ち向かうことが。やり残したものはないか、とか、目を背けていることはないか、って言いたいのね。そのうち、その時がきて、そうなってしまうことがあればそれはそれだと、それが天命だと嘯いて、ハイ、サイナラ。で平気だったのだろうか……。これは鹿の子婆の自問自答である。

とぼけないで本質をみなきゃあ。

鹿の子婆自身の声であるような別人であるような……。

気にかかっているのは、葡萄のことだ。取れたのはまだ、いく粒でもない。長い時間かかり切ってはいられないということはわかっている。葡萄の粒たちが取れるか、その前に寿命が尽きるか……。

急に、かつて、見たこともない茫漠とした砂丘の風景が鹿の子婆の前に現われた。

鹿の子婆は臆したふうもなく、大地からのうねりと風の中に立っている。鹿の子婆は太古に生きているような錯覚を覚える。

その果てなく広い景色の中、黄色い子供の象が現れた。黄な粉をまぶした象たちだ。一頭また一頭と、後ろ姿だけを見せて、次々と現れては消えていく。いつの間にか空は夕映えて、その紅の中を静々と黄色い子供の象たちは粛々と行列作って行ってしまった。黄色の子供の象たちは夕景に溶かされてしまったのか、くっきり黒いシルエットになって去っていったのか。鹿の子婆は混然とした中で恍惚としている。

彼女の耳には、崇高な葬送行進曲まで鳴り響いて、いつまでも鹿の子婆の中で木魂していた。

悪夢ではない。よい夢を見たというべきか。気がつけば胸は軽くなっている。残されたのは、たったのひと粒。それを撫でてみる。摘まんでみる。粒々をならして片胸でなくしてみせようとしたのに……と、仲間たちに去られたそのひと粒は、そんな風情を見せながら、扁平、いや抉られ窪んでいる淵にぽつねんと佇んでいる。このひと粒の、幻想は、つい果てたのか。みな黄色い象になって消えていった。

押し殺したあの密やかな声は、単なる導入をしただけだったようだ。序奏を受け持ちながら、そのとば口で、放棄したらしい。鹿の子婆の内なる何者かは先に逝ってしまったのか。終幕に備えての助けになると思ったのは甘かった。これからは、見た通りの独りで、何かに対峙するしかないようだ。

人生のある時期、人生そのものから放っておかれ、立ち竦んだものだ。そして、ぼうっとして、来し方や行く末を眺めたことを鹿の子婆は人ごとのように思い出す。何だか今、それに近い思いだ。この鹿の子婆の胸にある、黄昏れた風情の乳首のように……。

何かに導き誘われながら、尻切れになったまま置かれた不安、怖れ。人生そのものがそういうものなのだろうけど。それにしても、その連続だったような気がしないでもない。でも、誰かが大きな荷を背負って去って行ったような……。これまで独りで荷を負ってきたように思っていたが、なんだか初めてそんな素直な気分を味わっている。急に、胸から葡萄がなくなったからか。

そして、どうしたことか、鹿の子婆は動悸し、胸が熱くなっている。片胸なのに、無い筈の胸までがいっぱしに波打って。

初めて胸の膨らみを自覚したときのような戸惑いと、誰もが知らないのに誰にもかにも知られてしまったような、いいようもない羞恥と秘密めいた思い。そしてその体の変調を憎み始めた……女である徴に慌てた……といったその頃の思いが、突然の熱さに促され、噴き出してくるようだった。

この現象は、葬送曲が鹿の子婆の心を満たしたあと、その音色の滲みが残り惜しげに体を通り抜け、出ていったからかも……。

凝っていた肩がシャワーを浴びてほぐれていく感覚といえる。この体感というか感触への驚きとでもいうような、その妙な感じは、照れながらも心地よい。死へ一歩近づいた証拠だろうか。

鹿の子婆は、もう、ピコロという友を身替りに立てての人生との和解は赦されない……のだと、なぜか知る。その時がきてしまった……と。内なる声とやらも、もう、聞こえない。耳も遠くなったということのお知らせだ。

鹿の子婆は葡萄のひと粒を毎日丹念に石鹸をつけて洗った。残されたひと粒の意味するものと向き合わなければならなくなったようだ。

鹿の子婆の腹が据わった。このままでは人生と和解せず死を迎える羽目になる。何かを曝し、剥ぎ取りして、きれいさっぱり潔くこの世を去っていきたいのだから。

残された一粒の要求というのか、まだ、お話は続く気配だ。

お話　四

ピロはピコロが成長しての名です。

Kという人物の現れ、そのKからピロチャンへという書き出しで、毎日ラブレターが届く。Kは名前をまともに呼ぶのが照れ臭かったのだろう。勝手におどけふざけた呼び方をしたのだと思う。幼いときにピコロと言われていたのをKが知るよしもないので、Kの鋭さというものに、ピロは先ず驚いたし、急速に親しみをもってしまったのだった。そして、妙に運命的なものを感じた。というわけでピコロ、ひろ子やあ、ピロと名前は変節し、進化したことになる。

Ｋは自分自身で郵便配達人になって来るときもあるので、一日に二度も三度もラブレターを受け取ったこともある。いつの間にか、ピロちゃんではなくなって、ピロ助からピロになった。ピロが自分の生い立ちめいたものをＫに話さなければならない必然が生じた。生い立ちというのはピロにとっては恥多きを曝すだけの気がする。掻きすてたまま、あの世に行ってしまいたかった。Ｋと出遭ってしまったことで、何やら生き恥を曝し、披瀝して見せなければならないようだ。そんな趣味はないが、それが真実なら致し方ない。

戦争が終ってみれば、ピロの父親は店の使用人だった女、娘の長女と幾つも違わない女職人と暮らしていた。六人の子を産ませた妻がいるというのに。焼け出されてすでに家はない。使用人だったというのは戦争が終るまでの話で、今はたった一人の稼ぎ手様さまだ。父親とその様さまが一緒にいる所に後から入ったわけで、疎開からの引揚げ家族はみな居候ということになる。パーマ屋は戦後筆頭の儲かる商売だった。父親も今は床屋をやっていないのだから、同じく居候である。女は女王気取りで私がいなけりゃ困るのよ。ナイロンストッキングにハイヒール、アメリカさんからのお流れ姿である。母親はもんぺに丹念に繕った色足袋履いて、おさんどん専門で、それでも女はお上さんと呼ぶ。女が身につけているアメリカさんからのお流れの服は脂切った獣の臭いがして、周辺の空気が穢れ、爛れ、荒んでくる。その充満した中、そんな暮らしぶり、だからなのか、ピロの母親であるお上さんは身篭り、腹を大きく膨らましていった。ピロには何もわからなくても、深い絶望に突き落とされる。人の営みへの嫌悪感と大人が嫌いになる。人間が嫌いだ。生臭い中にいたくない。

戦後のどさくさに紛れピロは上野の闇市をすぐ下の弟を連れてほっつき歩く。店からくすねた金をポケットに突っ込んでいる。行く末はヤクザの大姉御にでもなって弟妹を手下に使ってやろうかしらん。母のあのぽんぽこの腹の中から生まれてくる子だってその仲間に入れて手なずけてやる。多感な年頃のピロは、それでもただ母親が哀れだった。母親に尽くすことしかなかった。大きな腹を抱え呻めいている母のその腹をさすってやることしかできなかった。おさんどんの肩代りをもする。それは疎開から戻って自動的に入った女学校に通ってる閑がないということでもある。登校したところで、漸く探して手に入れた教科書に墨で塗り潰していく仕事が待っているだけ。

生まれたのは双子の男の子で、泥沼の中にも清らかな花は咲く。双子となっては戦争だ。赤子一人育てあげるのも大変なのに、二人となっては手がかかって、寝ている閑もない。ピロは子守りとなる。どちらにせよ両親の不甲斐なさ、親の態をなさない中にあって、弟妹を守り育てること、その幼な子たちの先行きを考えなければならない役をピロは勝手に担ったろうか。曲がりなりにも母親役をやってしまったピロの母性というか、命を守り育てるのだという正義感が、たぎり燃えたってしまったのだ。性格が熱血漢的様相をもっていると知れた始まりである。

東京での妻妾同居を脱して、疎開したときに降り立った水郷の町に舞い戻ったのだ。子供を引き連れての母親の裁断だった。闇で米を買うのも底をつき、買出しする能もない。子沢山の食糧疎開でもある。地方の、まだパーマ屋がない町に、店を開いた。子守りの手がいらなくなれば金を稼ぐ役に回る。こんな家庭だからこそ懸命に生きるしか手立てはない。知恵遅れの兄もいて、弟妹と母親を養うは必定の巡り合わせだった。ピロは儲かる商売に専念する。小さい時から嫌悪していたパーマ屋を……。しかも、父親を駄目にし、母親を不幸に追いやった女と同じ仕事をするなんて、自分まで猷めいていくようだが、働くしかなかった。ピロは貫禄を見せなければと、十代ながら、さばをよんで二十代も半ばということにし、技術もそれに追いつかせた。双子を育てた経験は子持ちのような顔も平気で出来た。自分といくらも違わない中学を出たばかりの見習いもいて、一人前にする責任もある。働くに追われる。ただ、飢えないため、だった。

育ち盛りの弟妹、働けない知恵遅れの兄を、母親を、養っていくためにだけ生きていた。双子を産んでから体調はままならず、寄りつかない夫への苛立ちもあろう、母親はヒステリー症になった。知恵遅れの長男が受け皿で、わけもないのに怒鳴られ、叩かれていた。

かあさんはどうして双子を産んだの？　とうさんがあんな人だってわかってるのに……。ピロにはどうしてもわからないことだった。勇気を出しての母親への問いだった。何年か越しの疑問だった。そんなこと言ったって、お前、そんな時逃げようがない、子供が傍にねてるし、戸は立てられないよ、男は獣だから。聞かなければよかった。汚れ切った耳が、拭えない汚れをまたくっつけた。しかし、ピロは女の性の深い哀しみを母に見る。いてもいなくてもよいような父親を、いっそ、もともといなかったものとして考えよう。諦めればよい。もうこの世にはいない父親だと思えば憎まなくてもよい。恨みもない。そう思わなければ、現状を生きてはいけなかった。

ピロは決して大人になりたくない、女という人間にもなるまい、と自分に向けて自分の生涯に誓う。ただ、兄と母を助けていく。弟妹の育ち行くのを待つだけだ。父親の代わりとか、犠牲になっているなどと思いたくもなかった。弱い者の味方をするだけだ。父親の存在を払底した。ピロの決心とは裏腹に、どんな父親でも弟妹にとってはたった一人の父親、ピロだけの父親ではないという思いに間もなくぶつかる。この人さえ改心してくれたら、と、使命感に燃える。母親に欠落している子供たちへの、ピロにとっては弟妹への愛というか、それを引き受けようとする若さだった。妻と子を地方へ追いやって、のうのうと、一切片付いた気で東京で暮らしている父親が弟妹たちのために許せなくなったのだ。父親に当てて毎日手紙を書いた。弟妹たちの思いを代弁しているのだ、ピロは代表なのだと気負っていた。やあい、妾の子、と囃され、苛められ、妹は学校から泣いて帰ってきた。それがピロを立ち上がらせたきっかけである。自分にも覚えがあるからだ。母親は戦後になってからの不幸に悲嘆に暮れているばかり。ヒステリックになっているだけ。誰も子供たちのことを本気で考えていないという怒りもあったろう。みんなと一緒に暮らしてください。訴え、祈った。返事はこない。無視される。手紙は黒い炎を上げ始める。成長していく弟妹のために目を覚ましてください。子への愛情はないのですか。自分のためにだけ生きてる場合じゃないでしょ。この不幸から家族を救わなければ。変革しなければ。たぎった暗い情熱の塊のピロ。叶わぬのなら刺し違えて死ぬ。かといって、父親と心中する気は毛頭ない、そんな愚かしいことのために生きてきたわけじゃない。一人で死にます。

ピロは、父親の姉である伯母を訪ね、弟への説得を乞う。伯母はあんたも苦労するね、あんたのこと娘にしておくのは惜しい、長男とあれが入れ替えられればな、って弟がいってたけどその通りね。あんたのとうさんはね、別れてくれって女に切り出したってさ。あんたのムキになる性格に怖れをなしたんだねぇ。そしたら、別れるくらいなら、目の前で死んでみせます。って言ったそうだよ。ピロにとっては死は神聖なものだった。この家で自分が必要なくなったときは、自分の役目がすんだときは……と決めていた。それが希望だった。それだけの覚悟をしなければ生きていけなかった。その死が汚された。女にそこまでの覚悟をみせられちゃね。それにね、あんたのかあさんもね、そりゃ、夫婦のことはね、一方ばかりも責められない。伯母を訪ねた愚かさ。女に脅され、娘にも脅されての父親の選択など知りたくもなかった。

生きながらにして父親に殺されたピロだ。自分がいなくなれば父親が何とかするはずだ。もう、歯止めも効かない。狂ったように大量の薬を飲んだ。永久に眼がさめないはずだった。しかし、かなわなかった。またこの世の人になってしまった。もう、死にはせんとも。胃洗浄の苦しみは見られたものではなかったな。あの苦しみはもう味わいたくはないさ。すさまじいものでしたね。遠くから聞こえてくる父母の声……迷惑かけて……死に損なったのか……。そうか、亡霊になって生きてやる。これは仮の生だ。また死んでやる。何度でも……。それだけが支えで、その目標があったから、何とか生きている日々だった。現実と戦って敗れただけのピロだった。責任をもたねばならない店主だった。働く。自動的に……。働かねばみなが飢える。がんじがらめだ。みなが生きている間は飢えさせられない。暗い情熱も逃げていった。兄や弟妹たちの代弁者になろうとか、欠落している母親の愛情の肩代りをしようとか、ピロは自分で作り上げた幻影に酔っただけだった。死のうとした罰の償いをするために、もう一度、この世に引き戻され、パーマ屋で働くのだった。ピロは人生から捨てられた。狭い町の中で、人々の目に曝され、足裏にはトゲトゲの針、その上を歩いた。死からの目覚めの時の父母の会話が耳についたままだ。ピロは笑う。当事者のこの当のピロは、生き返ったときの苦しみの記憶などまるでなし、反対に心地よい花園にでもいたような……だから、いつでも、死から手招きされている、と嘯く思いにもなれる。裏も表もない声で、ケラケラゲラゲラ笑いたくもなろう。いつでも死ねる嗤いなのだ。哄笑だ。

ピロは真実を話すために、口ごもり、どもり、洗いざらい、自分のことを、家の事情の恥部を語った。

厭な情けないことは、早く終らしたいピロの語り口だった。自分から買って出たことは忘れ、しょげ込むピロ。沈黙が続いた。鹿の子婆も声が出なかった。胸のひとつだけの葡萄に指先が這っていった。まさぐっていた。触れることで、取れるかもしれない葡萄のひと粒は、鹿の子婆の指先につままれていた。取れそうもなかった。

お話　五

戦後のその頃は、まだみんながみなそんなものだったが、Kも例外ではなかった。

親父さんか爺さまかが着古したお下がりのオーバーを、彼は着ていた。初めてピロの家に来たとき、そのオーバーを脱ぐときはすんなりだったが、帰る段になって手を通すときに手間がかかった。腕が通らない、しまいに踊り出していた。大男がもがき苦しむ踊りであり、その舞いっぷりは見事だった。漸く通ったと思ったら、袖口から出てきたのは、ペラペラした黒い裏生地にくるまれた握りこぶし。懸命に見ない振りをして頑張っていた者たちが、一斉に噴き出した。炬燵狭しとめじろ押しに並んでいた弟妹たちと、ピロの母親、そしてピロ。笑い出したら止まらない。体をよじって胸を叩いて笑いこける。Kも一緒になって、白い歯を出しての豪傑笑いをしていた。

握っていたこぶしは開かれて、それをひらひら振って、さよならして帰っていった。その指はなぜか白く、長かった。Kは農家の次男坊で、田畑の手伝いやら、肥え桶も天秤棒で担ぐ、父親と一緒に大きな肥え樽をいっぱいにして、町の中の川を下り、利根川を経て、横利根の村へと櫓を漕いで帰っていくのだそうだ。Kの女友達、ピロの唯一の友人からピロは聞いていた。恰好など構わぬ風采と、いかつい風貌、訥弁の語り口などから推しても、農業の手伝いは納得できたが、それから推してKの手はあまりにも奇異に見えた。

双子の弟たちは、Kに直ぐに打ち解けた。母親とも仲好しになった。双子の弟は、新しい父さんができたみたいにKがやって来るのを楽しみにした。器用に作った竹とんぼやら手作りのものを土産にくれた。知恵遅れの兄はKの方がひとつ年下なのに、思わず兄さんと言ってしまうほどの慕いかたをした。ほんとにいい人だね……が口癖になった。乾き切った砂漠に忽然とオアシスが現れたようなものだった。渇いた者たちは慌てて喉を潤す。

考えられぬことだった。誰からも見捨てられた家庭、侮られるのに慣れていた。Kの、家族を見る眼はほかの人にはないものだった。差別される眼に馴れている兄を、軽く見ることもない。あたたかな眼差しが僻みっぽい家庭を潤した。父親不在の家に新しい空気が流れ始めていた。清涼剤の役を果たしているとも知らぬKは、オーバーの袖から握りこぶしは出さなくなったが、オーバーの裾からわかめのようなボロをぶら下げて平気だった。

ピロは死にそこなったことまでも、誰に話したこともない心のうち……。嫌われるなら早い方がよい。ピロには父親はいてもいない。兄も兄であっても、ピロが一生養っていくと決めた人だ。兄のような人たちが、何人か共に住んで暮らせる家を作ることが、ピロにとって小さくて大きい夢だということも話した。ピロの学歴は小学校さえろくに出ていない、などのすべてを。いつの間にか心を開きKを仰いでいた。

Kの出現は父親と兄が一挙に出来たようなものだった。深い谷底にも光は射す。枯れ木に急に枝が伸び出て、未来や希望という花が一斉に咲いた。満開になって咲く花の花弁に夢の雫が光ってこぼれていた。見たこともない景色と、華麗に彩られた中にピロは立っている。奇跡が起きたのだ。Kの現れによってピロもピロの家庭も危機を脱した。

ピロはもう死にゃしない。未知なるものに向って動き出したのだ。生きてみなけりゃわからない、何と遭遇するのやら。人生にはこうしたこともある……人生に何かを見つけたという直感だ。ピロはただ夢中で働いてきただけだったことを、今にして知る。

今から始まるわたしはどこにいくのか、という不安も同時に生まれることになるが。ピロに羅針盤を持たぬうちに、未知という船にさっさと乗り込んでしまう。

Kの住む対岸で床屋をやっている人が、勘兵のおっかあの従弟で、その人を通じて、ピロの母親はKの評判を知る。Kは小さいときから神童と騒がれ、村一番のインテリで、農業を手伝いながら、夜間高校を卒業している。しかも、年齢的には何年も遅れて大学受験を目指している。今どきの若い者にしては珍しく真面目なのだが、風変りだ。

ただ今浪人中のKにとって、人並みのことは遠い先に追いやっていた。弁護士を夢みているKが社会に向って立っとき、その頃にはピロの弟妹たちの目鼻もついていよう。この人についていけば間違いはない。ピロは吸い取り紙のように、Kの言葉をどんどん吸収していった。Kは訥弁でありながら、説得力があった。知的とか教養とかいうものと関りのなかったピロは、Kを知ったことで変っていく自分を思って涙ぐんだ。家庭の状況をつぶさに知ったKが、呆れ果て逃げても可笑しくない。逃げなかったKへの、ピロの憧憬は深かった。深まる一方だった。

Kとの出遭いから二年ほど経て、ピロはKと結婚した。世話好きの床屋が仲人役を買って出てまとめてしまったのだ。根回しはとうに母親によって出来ていた。両方の両親とその仲人の床屋と、当人二人が加わっての普段着の結婚式だった。ピロはパーマ屋から抜け出して、仕事着を外しただけ、Kはいつものはげちょろのジャンパーで、そこに身を置いた。蕎麦屋の二階での鮒の塩焼きのお頭付きで三三九度の杯を交換しただけだった。結婚式のために仕事は休めない、休めばその日は収入がないのだから。その頃、一ヶ月に一度の定休日があるだけだった。結婚式は吉日を選ばなければならないのだそうだ。定休日は仏滅だったのだ。

Kの母親は泣いていた。感激しての涙ではない。ピロは身も細る思いでその涙を受け止めた。喜ばれてはいないという実感だ。ずっと後になって分るのだが、仲人口は、どうでも二人を一緒にすることだったから、すでに、女の方は、つまりピロは妊娠しているのだと、Kの親を説き伏せたらしい。知らぬは当人たちだけだった。半年後ピロは身ごもった。Kは俺の身にもなってくれ。働きもないのに父親になれるか。外に出られなくなる、と言い張る。そのとき、すでに、俺は婿ではないのにピロの母親、つまり姑から婿扱いされると不服だった。ピロはKが髪結いの亭主呼ばわりされないようにとの気配りが世帯を持った苦労だった。大学受験で上京するのに腕時計は必要だ、背広も。母親にはKの実家で買ってくれたということにした。新婚の二人の生活は、これで、というように、毎月、Kの父親がオートバイで米を運んできた。ピロの実家に同居しているので、Kに肩身の狭い思いはさせたくないという配慮から、ちょいちょい野菜も届けて来るのだった。

Ｋの父親は温厚な人柄で、方言のせいか柔らかい声、ピロの家庭の誰からも好かれた。双子が読むマンガ本など、一緒に見て笑い声を立てていた。特にピロの母親とは波長が合った。母親は近来になく穏やかな顔をしてＫの父親に触れていた。Ｋの父親もＫと同じくピロの兄を長男として大切に扱ってくれた。兄に向けてどういう扱いをするかは、ピロにとって人を判断するときのひとつの基準だった。ピロは仏さんのような人に巡り合えたのだと……Ｋのやさしさは父親からのものだったと知る。世の中にはこういう素朴で清潔な感じの父親もいるのだという感銘に浸された。しかし、これといった生活費も教育費も届かなかった。たんなる仲人口だったのだ。ピロは毎月父親が米と一緒に生活費をくれているのだと、母親に平気で口にした。何とかやっていけるものなら、相手に収入があろうがなかろうが問題ではない。いいじゃないか。目的に向って励んでいる姿には頭が下がる。人生いろんな時期があってよい。どうせ、生活は十把ひとからげなのだ。今、自分たちは上昇気流に乗っているというのに何ものにも妨げられたくない。ピロの持論は、ピロ自身がもっと働けばよいに尽きる。これまでもそうしてきたし、それを続けていくだけだった。

日が経つにつれ、ピロの母親も普段の顔が出る。ヒステリーを起こして、兄を叩く。Ｋの前でも平気だった。外から来た者にとってそれは異常な光景だった。Ｋの姑への非難。そこから派生して、この家でのピロの置かれた立場の理不尽さ、父親の非道さも言及される。母親のヒステリーへの分析もなされる。ピロの味方になろうとするばかりに憤るKだった。非常識を地でいっている家庭、それを助長しているのがピロだ、眼を醒ませ、その説得に頷きながら、恥部を暴かれている屈辱で、ピロの身は縮んでいく。葬ったはずの傷が新たに広がった。Kにとって新鮮な会話になり得ても、ピロはそういう家庭に育ったといういじけになるだけだった。心を開いて何もかも知ってもらったのは、Kから改めてそれを抉られるためではない。Kの口から披瀝されるたびにうろたえ、深い哀しみで立ち往生するピロがそこにいた。Kの実家でも、長兄の嫁が実権を握り始めKの立場はないがしろにされていくようだった。

変貌してしまった母親が聞こえよがしに、行商のおばさんを掴まえて、Kのことを無能呼ばわりしたらしい。娘は朝から晩まで立ち詰めで働いているというのに、昼間過ぎまで寝ているんですよ。へえ、この家も婿さんはずしたねぇ。浪人している身としてはこたえる。夜中に勉強していて、人と逆転している生活を、ピロの母親も承知しているはずなのに。追い詰められたKの気持ちを大切にしてピロは実家を出てアパート暮らしをする。経済的にも無理をしてのことだった。それが呼び水となってKとピロの間に変貌の兆しが忍び込む。

ピロは悪阻も重く、出産まで悪阻の苦しみをした。仕事中も一日に何度も嘔吐した。悪阻の重い産婦はお産が軽いといわれながら、赤子は仮死状態での難産だった。産婆に逆さにされ叩かれ、ちいさな唇に息を吹き込まれたりして蘇生し、元気な男の子が誕生した。

新しい命の誕生は、ピロにとって、身も細るばかりだったKと母の葛藤の、緩和に役立った。孫を得ての母親は相好を崩して、ほら、おばあちゃんですよ、と連発している。和やかな空気、束の間の幸せは訪れた。兄もおむつを取り替えるのを覗き見て、こりゃなんだ、こりゃこりゃと赤子のおちんちんに触れては、キャッキャと笑わせていた。

体裁など構わぬKはねんねこ半纏に赤子を背負って、店の前で仕事の終るのを待っていた。ピロが一刻も早く赤子に会いたいと知ってからだ。店から駆けて帰ってきたよ、ああちゃんは。と、はあはあ言いながら赤子に頬ずりするのを見てのことである。

ほら、ああちゃんだよ。ねんねこ半纏を傾けて、赤子に、ほれ、ああちゃんにちゅうしてもらいな。と迎えてくれるのだ。ぶよぶよの湯気を立てているような赤子の手を握りながら、連れ立って暗い道を歩いているとき、昼食も取らずの一日中立ち通しだった疲れなど忘れ、ぴょんぴょん足が弾むのだった。ピロは、いつ、こういう光景を描いたことがあったろう。夢にさえ見たこともない……という感動に襲われ、胸が熱くなった。ピロは小柄だからまるでバンビだ……と言ったKの言葉を思い出す。付き合い始めた頃のことだ。バンビの子、わたしは母親……ますます弾む足どりのピロだったが……。それらは一瞬に過ぎ去った。

こんなはずではなかったのだ。働いて、喰って、寝て、孕むだけなんて……結婚がこういうことだったなんて……。

男は、平気で産むな、と言う。女は身ごもったのだから当たり前に産もうとする。きっかけがあれば、こじれ始める。言い分が通らないKの、ピロへの苛立ち。隠蔽されていた不満が噴き出す。俺はこの欠落した家の穴埋めに来たわけではないよ。父親不在の家庭だからといって、俺にそのお鉢が回ってきたって、俺はその器ではない。当てにされようと、責任はとれない。Kがこの家庭の実態に辟易しているのが伝わってくる。ピロが真っ正直に話した生い立ちまで、揶揄されている。しかし、ピロの背景をKに背負わせようなどとの思いは、ピロには毛頭ない。Kが一人前になったとき、ピロの背景も何とかなっているはず、その時こそ、晴れてKとの暮らしのスタートが切れる……今は仮の生活、我慢々々。理想と夢を描いているピロなのだから。Kの洞察力が、聡明さがピロと母親がぐるになっている……そうした魂胆ありと見抜けたというのだ。ピロは心を鎮めるのを、覚えていくしかない。こじれ始めたそれは、スピードに加速がつく。違う方向を向いて我というものを抱いて蹲ってしまう二人だった。別々に渦を巻いて、螺旋型に延びていってしまったものが、また、螺旋を描きながら、戻ってくるのだろうか。どちらが能動であれ、受動であれ、相容れない感慨をもって慨嘆している。ふたつの螺旋の筒は勝手な方向を向いて交わることもなくバネを使って、ぴょんぴょん跳ねている。

ピロはただ女であることを呪った。あんなに大人になることを女になることを嫌っていたのにしゃあしゃあと女になっている自分、大人とやらになってしまっていたことは、嘆かわしく、いかがわしいばかりだった。Kが男で、ピロが女であることが、屈辱だった。ピロは人生そのものを侮辱することになる。信頼していたKが二つの顔をもっていた事実にピロは怖れを抱くことになる。あとになれば、自分も含め、みないくつもの顔を持って生きているということに気がつくのではあるが。

お話　六

もう、お話は終ってもよいはずなのに、ピロはなぜか、疎開したときの光景を思いだす。人生は繰り返す……再現されるものなのではないのか。ピロの人生はやはりあの川から始まった。Kをいまだ知り得ぬときに、ピロはあの横利根を舟に揺られていた。あの黒い帯のような土手の対岸、千葉県側にKは同じ空気を吸って存在していたのだ。だから、初めて逢ったとき、まるで川の精霊でもあるかのようにびっくりしてしまったのだ。あれは、直感というものだろう。ピロはただ眩しくってならなかった。黒い川は黒いなりに光を放っていた。Kはその光を浄化して、強く束ねて閃光となってピロの前に現われたのだ。二艘の舟が縄で繋がれていたのはその時の必要にもまして、ある必然があったのだ。荒れ狂った風、閘門に辿りつく前、見つけた舟に縄で引っ張ってもらえての安堵感……。

村での夏のある一日の出来事を思い出す。村の子たちはまる裸になって、どぼんどぼんと、川端の洗い場から飛び込んでいった。ひろ子やあは怖々仲間に入ったものの洗い場から離れられず、見よう見真似の犬掻きをしていた。あっ、蛇だッ、その声に慌てて振り向くと、向う岸から真っ直ぐ鎌首をもたげて、まるでひろ子やあを目指しているかのように、すうっとした速さで滑るようにやってくる。夢中で、洗い場を支えている川に漬かった杭に掴まろうとして、三角の小さな貝が幾重にもびっしりついて、掴まることを拒絶された。ぎょっとし、眼の前は真っ白……川から逃れられたのか、その後のことはよく覚えていないのに、蛇は縁起がいいのだ、と裸んぼうの子たちが口々に言っていたのは思い出せる。後になって思えば、あれも予言めいていた。対岸に住む者同士の、Kとピロの出遭いがすでに約束されていたのだ。もっと言うならば、ピロが孕んだ子たち、Kを通じてしか得られなかったかけがえのない子たちとの出遭いが……。

疎開したとき、先ず駅に降り立って、舟に乗った。その始まりに話を戻さねばならない。人家の並ぶ町の中を流れる川、不安ながらも未知の世界だった。寒かろうともわくわくしていたのは確かだ。Kと世帯を持ったときとよく似ている。あれが、思えばピロにとっての人生での最高の峯に登ったときといえる。未知なるものへ向うときほど、ときめくことはないだろう。例えてみれば、長男を生んで、町の中の川を舟でゆらゆら揺れているときであったろう。まるで揺籃期だったといえないか。

大きな広い本流の利根川に出て、向かい風の強さに慌てる……それがピロの試される時期だった。生まれから、育ち方、環境のまるで異なる二人が、どうしても通らねばならない閘門だった。しかし、間違いなく太い綱で繋がれていたのだ。価値観の相違があろうとも、寄り添っていた。向かい風に向かって力を合わせていたから、閘門も無事通れた。大きな川をともかく渡ってこられたことで、ほっとしたのか、向かい風をやり過ごした自信が、エゴを剥き出しにさせたろうか。それは黒い帯となった土手のようなものだ。向かい合って黒い帯を走らせることになる。対岸は隔てられすぎて乖離ができてしまった。黒い土手は平行して走っているのだ。交わることはない。

それでいてピロは次々と子を儲ける。子を妊るたびに、孕みやすい女だと吐き捨てるように言われる。睦まじくない夫婦だから妊る。ピロは、それを至言だと実感しているし、ひるまずに生んだ。誰に育ててもらうわけじゃない、わたしが育てます……。わたしの子です。Kにとってピロがどんなに小憎らしく見えたことか。ピロにとって子は命だった。すべてだった。子供がいるからこその生きる支えだった。収入がないKが子が出来るたびに屈辱感を脹らませていったことなど知ろうともしないピロだった。

横利根で寒さに震え、大波や風に翻弄されて漸く、岸にあがった。まさにこのときの状態は、Kが少しでも手っ取り早く収入を得られる道として歯科医師となることを選び開業に漕ぎつけたときだったのだ。もう揺れることもない地面の上なのだという安定感があった。藁にすっぽりくるまれて、外が嵐で、雨戸や壁ががたがたぎしぎし騒いでいようと、いい匂い、と嬉しくなって、すぐに寝入ってしまった。そのとき、何を思っていたのだろう。未知なるものに振り廻されながらも、目的地には着いたのだというほっとした思いを感じていたのではないか。さらなる未知なるものへの期待といったらよいものに、胸をふるわせていた……。

漸く舟から降り立ったように、これから始まる本番のKとの生活。晴れて軌道に乗って走れるはずだった。しかし、人生はままならぬ。ひょんなことが外部に待ち受けていて、予定は未定の流れに乗せられる。妙な風に運ばれる。陸の上ではない、また川の上に曝される。大揺れのそんな方向が用意されていた。Kの人生においての大きな躓きになる場面が待っていたのだ。歯科医院開業ということで、宣伝も兼ねての開業祝いを小料理屋で盛大に行った。Kのいよいよの晴れ舞台である。親戚やら同級生たち、村の人たちを招いていた。ピロと子供四人はKの帰りを今か今かと待ち受けていた。勢揃いしておめでとうと言って、拍手で迎えよう。今日からは一国一城の主なのだ。お昼からの宴会だから、子供たちが寝る前には……と思っていたが、待ち草臥れた子たちは寝てしまっての、午前さまになってのご帰還だった。

子らが寝入った後でよかったとピロはKの顔を見た瞬間、そう思わずにはいられなかった。常にない形相というか常軌を逸していた。きっと幼な友達と旧交を暖めたり、引っ張りだこで祝われるに忙しいの、だろうと思っていたのに……。

俺は物笑いの種にされた。お前のことを絶賛していたよ。かあちゃんが偉い、傑物だ。かあちゃんあっての今があるってな。俺は形無し、いい恥晒しに行ったもんさ。何のための宴会だったんだ。俺に恥を掻かせようとの魂胆あって仕組んだのか。お前のやりそうなことだ。お前は漸く仇がとれたとご満足なことでしょうよ。長かったです。長過ぎました。十年ですからねぇ。へべれけに酔っているKは呂律がまわらぬ舌で喚き散らし、Kの周辺に、誰も寄せつけない眼には見えなくとも強固な壁を、幾重にも張り巡らしてしまったのだ。俺は何のために恥を忍んで、眼を瞑ってこれまでをやってきたんだ、と壮絶な孤独に閉じこもる。これまで二人で塗ったくった眼も当てられない泥壁を囲いにして。壁はじっとしていないで、囲みを縮め、Kに押し寄せる。

Kが酒に溺れていく過程はわからぬではないが、子供を巻き添えにしての酒乱の歴史の幕開けになろうとは。結婚してからの長年の屈折、歪み、苦労は爆発するしかなかったのだ。外部の風に嬲られたことをきっかけにしての耐えに耐えてきた十年の歴史は、K自身によって紐解かれる。傷を広げるために、自虐的になる。Kは苦悩と悲惨の連続だったという結婚の、自分の歴史の証言者に自らなる。加えて、これから作る自分自身の歴史の担い手だ。酒の力を借りて……。ピロの過去、Kと結婚する前の歴史も披瀝される。ピロの屈辱史はKの手の中にある。

これほどまでに……と。ピロはKの傷の深さと共に溺れそうになる。犬掻きやら立ち泳ぎ。手立てを考えたが徒労に終る。Kは強固な洞を作り、その中に入り込み、ピロを入れようとはしない。寄せつけない。俺が開業したら、パーマ屋止めてお医者さんの奥さんに納まれるとでも思っていたのかも知れませんが、ピロにはお大事な実家があって頼りにされているのですから、どうぞ、心置きなく邁進してください。死なないピロに作り変えたのは俺です。ピロは子供さえいればよいのです。ピロはもう死にはしないのです。それに引き替え相変らず無能な俺です。

実家のために仕事を続けるのはいうまでもないが、互いががらりと気持ちを切り替えられるチャンスだとの期待と、密かな希望は、そのひやっとした言葉に萎えた。取りつくしまがない。ピロは置いてきぼりにされた。

朝、ドアを開ける前から、患者は列をなした。まだ床の中にいるKに、並んだ患者の受付を済ませたピロは、バスや列車に乗って遠くから来たじいちゃんばあちゃんもいるよ、評判いいね、と伝え、診療の時間です、と起しにかかる。起し方が悪い、今日は休診だ。患者さんには一体どう詫びればいいんです？　病気だから仕方ない。そっぽを向いて、もぞもぞと布団を被ってしまう。無責任なKの気持ちが理解できない。受付も済んでほっとしたばかりの患者、無駄足と知ったら、と胸が苦しくなってしまうピロだった。少しの間、勤務医をしていたことがあるが、Kはよく休んだ。仮病で休みます、とは妻として言えない。嘘電話を、ピロは勤務先に頻繁にした。人の下で使われるのがよくよく嫌いなのだという理解をしてきた。まさか、開業してまでも、受付で嘘をつき、痛むから、それを治したくて体を運んできた患者を追い返す役回りをしようとは……。

この歯科医院と、パーマ屋と二つの経営を、これからは受け持たねばならないピロ。俺が好きでなった職業ではないからな、開業したくてしたわけでもない。尻を引っぱたかれて、ローンも組んだ。情熱の湧きようがない。子供が出来ちゃったからだよ……あれが俺の運命の岐路だった……方針を変えたんだからな……責任の一端はピロにありと喚めかれた。ピロは受け止めざるを得ない。子を強引に生んできたのだから。

この人に一生添い遂げるという素朴な決意は変わらない。絶望も、忍耐も越え、希望を繋げようと日々を重ねてきたのだから……しかし、間違いなく、その裏面も否定しながらもまぎれなく育っていた。離婚願望……いつからか……微かな火種だったものは今やぼうぼうと火を噴いている……。

了解を得られるはずがなくても、提案し、妥協案を果てなく繰り返したそのあげく、纏わりついていたものすべてを、無言でかなぐり捨てるという卑怯を断行する。逃亡者になる。Kの寝首をかいたような真似をしたのだ。

生きるのだ。いくつかの命を生かすのだ。そのためにピロは、彼に向けて、残酷、卑劣さを地でいった。孤独に突き落とした。決意すると実行するとでは、格段の大きな差がある。これまでは決意だけにとどまっていた。重い空気の中を彷徨うだけ彷徨った。しかし、自分の子を生かすためとなったら、女ほど怖いものはない。何でもやり遂げてしまう生きものなのだ。そんな自分をせせら笑いながらの実力行使だった。やるねぇ、ピロさんと……自分で自分を励まし、褒めたりもしたかも知れない。やけのやんぱちの、ほくそ笑み……。

子らの四人、そしてピロの兄、老いた母親を乗せた舟は利根川の河口にあった。漕ぎ手は四十代に突入のピロ。海が見えてきた。波が白いたてがみを靡かせて舟を目がけて走ってくる。それこそ未知なる彼方への船出だった。ひるむ気持ちもありながら、いよいよだと思うと、思わぬことに来し方が去来してきてピロは慌てる。河口を出てしまえば、もう、永久に利根の流れは見ることはないのだ、という未練でもあろうか。ピロは振り返る。

Kとの出遭いから、長男を生んだ頃の幸せだったときが、町の中を流れる川の水面に写されている。今のピロにとっては川の様子が俯瞰的に何でも見える。ピロの一生の中で最も輝いたときにには違いない。あの一瞬に、そこに居合わせ、そこに存在したということは、ピロの生涯において忘れられない一ページであり、流星となって暗い空に記憶をとどめたといえる。

急に、ある映像を思い出した。

むかでが、液体だけを残して実態は消えるというテレビの画像。実像はすでにそこにないのに、液体が美しい緑色、玉虫色になって光芒を放っていたのだ。液体だけを、光だけを残し、去っていくむかで……。現実にはそこにいないのにまだここにいるよ……と。見せ掛けだけの、その光にしがみついていたのは誰？　実態がつかめぬまま、実像を求めてさまよっていたピロの魂の遍歴の姿ではないか。

もひとつ、思い出した。おしどりの雌は老いると羽根が灰色になってしまうという。もう、雌ではないよ、雄だという表明、自己防衛、自己を守るため灰色になる……と。必死になって生きるだけは生きるとした鳥の姿だという解説だった。繁殖期には派手な色の雄は老いて灰色の羽根になる。雄化して見せるというのは……。自然界の営みとか、生物のありようなのか。

羽根の色は灰色に変っていたピロなのだ。まだ老いない若いうちから灰色になり、それでも次々に卵を抱えてみせたのだから。ピロはつまりは母親の轍を踏んだ。何人もの子を儲けた。


生きるとは……一体どういうことなんです……育ちつつある子の親である以上、勝手に人生から逃げられない。子らや兄の人生がピロを離さない。逃がさない。いつだったか、あんなに身近にいた死はもうピロを見捨てて遠く去っていた。しかし、逃げたものを追う愚は重ねない。子を持ってピロは強くなる。死の方が怖れをなして逃げていったのだ。

幾たび、灰色の羽根を思い切り広げて飛び立とうとしたことか。雛を咥え、母と兄に足を掴まらせて。試みは成功しない。灰色の雄になって見せたのなら、雄らしい力を発揮すればよいのに、擬似雄はなんともそれだけの勇姿を見せることができなかった。悲しい性を生きた川なのだ。それは河口近くの利根川だ。もう、振り返らない。さらば……。

これらの過ぎたことは、ピロにとってすでに別人生だ。子を得た歓びと出遭えた川なのだ。子は新たな流れを作り川になる。支流になる。そして本流となる。広く大きな川はあらゆるものを映し取り、飲みこみ、豊かさを増し流れいく。

ゆったりのったりと流れゆく川を眺めて、女であるがゆえの幸せ……。と、思ったとき、映像が反転した。Kの苦悩が、孤独が突然襲った。ピロはううっと声を殺して呻いた。

雄だ雌だ、雌であって雄だとか、灰色になって逃げるような妻との暮らしに、向きあったKの存在がある。実態を消し、光る液体を残すむかでのKと、雄を装って灰色になってみせるピロとの、おしどりという組み合わせだった。この場に臨んで、なんという過去の現実を見せつけられたのだろう。声にならない声で、ピロの呻きは続く。自分の人生には、この世で生きている間には、安らぎの訪れはない。安らぎを望んではならない。しかし生き続けよ……と。底の底の方から揺らがされてくる強い促しの声に、ピロは耳を傾けねばならない……。

生きながらにしてピロが父親に殺されたように、ピロがKに向けて刃を向けた。生きながらにして息の根を止めた。生き死にの瀬戸際に立ったとき、黒い何者かが現れ、すべてを凌駕して指揮をとるのだろう。黒い何者かは、超然とすべてを飲み干し、にやりと嗤う。その黒子こそピロ自身であるのでは……。

結婚したことで、ピロは四つの生命を授かった。そして、その授け元の命を、生きながらにして葬った。その上、その隙間をかいくぐり、ピロは船出した。いまだ雛に等しい小鳥たちとともに漕ぎだした。舟べりは波に洗われている。

お話はとうに終っていたのやら、始めからそんなものはなかったのか……ピロも老いたのか、耄碌したか、一挙に老齢だ。その混然としている中、Ｋの声がピロの耳に入った。密やかというわけでもない。

俺は何も悪いことをしちゃいない。女遊びひとつせず、女を作ったこともない。生涯ピロ以外の女を知らないんだ。賭け事もしない。何でこの俺がこんな思いをさせられるんだ。

声は次第に大きくなり雄叫びとなる。酒に滲んだ声。聞き慣れた声でもあるが、かつて、聞き流していたそれは、なぜか、今はぎくっと、ぎっしと胸にどすんと杭を打つ。ピロはその場に立ち竦む。

妻という名称を返上したとき、Ｋの脇に新たな妻が寄り添うのを、想像したし、願ってもいた。Ｋに心底、幸せになってもらいたいために、去ったのだ……。そんな大儀名分も掲げていた。子は元の妻が連れ去った。子がいない自由の中でＫに再婚して欲しい、と……。ピロ以外となら、必ずや幸せになる。どういう相手だって選べる。

経済的にも安定しているのだ。大丈夫幸せになれる……。

ピロは自分の生まれ育ち故の歪みを、気がつかずして、もろにＫにぶつけてきたのではないか。それはピロにとっての人生の中で、唯一の男の人、その人への無意識の甘えでもあったろうか……Ｋは受け止めかねたろう。Ｋもピロもぶきっちょにしか生きられなかった。成熟していなかった。世間知らずだった。

Ｋはとうとう軌道修正という試みもせず、自分で敷いたか、無理矢理敷かれてしまったのだかの軌道をとぼとぼと歩き、また歩いていくだけのようだ。息子たちを医学部に入れ、娘も内科の女医さんだ。総合病院を建てるぞ。Ｋはそれを予測して土地だけは広いものを早くから用意していた。それも、草茫々のままだときいた。借家のままの平屋の歯科医院は開業当時そのまま。当初から古かった家の屋根にはぺんぺん草が生えているという。Ｋは頑固なのだ。誰のために、何のために……。Ｋはものぐさなのだ。独りでは何もなそうとしない人なのだ。

時折、草茫々の自分の敷き地に立って、孤独すぎる雄叫びを発するＫ。白髪になった頭と、薄茶の染みを散らばせた細く長い指を震わせて。

ピロは耳を蔽う。眼を蔽う。その蔽った先に、ピロ自身の老いさらばえた姿がある。強風の土手に立ち、手をメガホンにして遠くに向って何やら叫んでいるのではないか。

鹿の子婆はそんなピロを冷ややかに見る。左手は胸のイボをまさぐっている。

緑内障やら白内障に冒されている鹿の子婆の眼に、ぼわんと黒いものの影がよぎって行った。虚になっても大きく見開こうとしている眼。その眼が捉えたものは、大きな黒い象の後姿だ。その象は紅に燃える夕景の中へと、その炎の中へと消えていく。

空き瓶

波の兎

こりゃ、荒れる。兎が跳んでるで……。

船に乗る前、一泊した宿のじいさんが海を見ながら洩らしていた言葉を俺は耳にしている。海の凪いでいるときには現れないという三角波を、小型船の船室の小さな窓で、俺はおでこをくっつけ睨むようにして眺めていた。白い波頭が尖って見え、強い風に引っ張られて飛んでいくさまは、どう見たって兎の耳だ。波が次々に走ってきては消えていく。あちこちに、いくらでも兎が跳んでいる。こりゃ兎の大群ではないかと、俺は、海が海原ではなく大草原になった気がしてきた。それにしても荒々しい。草なびくなんて、そんなものじゃない。根こそぎ草は引っこ抜かれ、塊になって吹っ飛んでいく。

その大草原を俺はかき分けかき分けどったんすったんと、兎と一緒になって草っぱらを突っ切ろうとしている。その俺の目の前を、空の牛乳瓶が、これも負けずにもんどり打ちながら、すっ飛びすっ転びして走っている。俺は自分の眼を疑った。牛乳瓶が俺を追いかけてきた、というのか。誰に見えなくったって俺には見える。幻だっていい。あの牛乳瓶はあいつだ。

しかしあいつもあいつだ。いくら俺と一緒にいたいからって、ここまでついてくるとは……。

俺はあいつのことを、同級生の、いい女友だちぐらいに思っていた。それがいつのまにか、照れ臭いが恋人ということになっていた。きっと結婚もするんだろう、と思った矢先のあいつのあっけない死だった。何で感冒なんてけち臭いもんで簡単に死ぬんだよ。葬式になんか出られっかよ。気がついたら、俺はなけなしの金引っ掴んで電車に飛び乗り、終点まできたら、どっかの島に行けるってんで、こういうことになってしまったんだ。

あいつとは、いつも一本の牛乳瓶を半分ずつ分けあって飲んだ……。

どっかの草原に行ったとき、不意に兎が眼の前に飛び出してきたことがあった。眼は兎を追いかけながら、あいつの手はふっとこの俺に半分入った瓶を手渡したのだ。兎の姿が見えなくなってしまうと、あいつは俺を振り返り、何も言わずに微笑んだ。それ以来、あいつがコーヒーで茶色なら、俺は白の瓶、俺がオレンジだったら、あいつが白を選んだ。そしていつも半分ずつ飲んだ。

今、この荒海の中で俺は確かに空の牛乳瓶を見た。俺が混乱してるのと同じにあいつも大混乱で俺にくっついてきてしまったのか。正気の沙汰じゃない、ふたりとも。

どしゃ降りになってきた。俺たちの船をのせた波のうねりも山のようになり、波の兎なんてかわいいものはどっかに消えてしまった。雨が殴りつけるように小窓のガラスを叩き、もうほとんど外の様子なんて見えやしない。それなのに、俺にはあいつが荒れ狂う大海に投げ出され、放られ、鋭い波頭の上に乗っかった一瞬が見えた。そして、一瞬で消えていった。

まさか……。

あいつは俺と心中するつもりかよ。よもや、後追い心中。密かに秘めた思いがあって俺を逃さないつもり……いや、死んじまったのはあいつの方なんだから、あと追いというなら俺の方だろ。いや、俺はあいつと一緒に死にたかったわけじゃない。一緒に生きたかったんだ。センチなんてクソ食らえだ。

もう視界はゼロ、だ。この小さな連絡船は先が見えているのかいないのか、大荒れの海に翻弄されているだけだ。気がついて見ると、周りの奴らはどいつもこいつも顔面蒼白死人の顔して横たわって呻めいている。けちな連絡船の床に転がって、いつ終わるとも知れない船酔いの苦しみにただただ打ちのめされている。

俺はそれどころではない。あの瓶は、あいつは、もっと過酷な中をたった独りで大海に揉まれている。俺は饐（す）えた空気の中だろうと板子一枚だろうと、大波をざんぶざんぶと被ろうと、とにかく守られている。あいつは独り波に弄ばれて上ったり下ったり、どんなに心細いだろう。陸はどこにも見えず、身を捩り荒れ狂う海を全身で叩き回る大蛇や竜、吼えまくる群がった獅子たち、その真ったた中に、ぎゅぬぎゅぬに揉まれているのだ。

あいつのことを考えると、俺は生きた心地がしなかったが、小さな島につく頃には大暴れに暴れた怪物どもも去って行った。俺はもしや、あいつが先に着いてやしないかと、波打ち際を探してみたが、いなかった。

波が静まり青い空が見えれば、あいつはきっと透明に耀いてぽかりぽかりと波に浮かんだまま、陽気に歌など口ずさんでいるだろう。そしてまた海原のどこかで兎が一匹跳ねたとき、あいつはその姿を眼で追いかけ、広い海の真ん中で振り返り、俺の姿を探すだろう。

梟

爺さまは、鳥かごの中でじっとしている梟を見ながら、いや、梟から見られながら、ほんとだ、ほんとにそうだ。と頷いている。

爺さまは孫たちと動物園にきている。

爺さまが梟なのか、梟が爺さまなのか。どっちもどっちなのだ……。

いつか図書館で孫と鳥の図鑑をめくっていたときも、梟を見たとき何だか誰かに似ているな、と思った。それが自分だと気がついてから、ページの下に目を移すと、子供の梟が欠伸している写真があって、こりゃなんじゃ、孫にそっくりじゃ、とびっくりしたのだった。

今もまた、爺さまは、ひょっとすると自分たちはもともと梟一族で、自分はその最長老……と思ったとたん、あたりの動物園の景色と一緒に、孫たちの声が遠ざかり、消えてしまった。

いつの間にか梟のピラミッドの頂点で爺さまはヒューと風に吹かれ、それから急にすとんと底辺に落ちた。おや、どうやって地面に立ったのか、しかし、今の感覚は面白い。まるでエレベーターに乗って降りてきたような……と、周囲を見回し、梟たちで作りあげたピラミッドを探していると、すぐ目の前に爺さまが入れるほどの大きな牛乳の空き瓶が倒れていた。爺さまは自分がいつの間にか小型人間になっていることに気づき、あのすとんの感覚はそういうことだったのか、と納得し、それから急に恥かしくなって、その瓶の中に入ってしまう。

爺さまは、自分が梟の化身かも知れないなどと、ふっと思ってしまったばかりに、こういうことと巡り合ってしまったのだと思って後悔した。こんなに小さくなってしまったことを、孫に知られたくない。その上、瓶の中にいる自分はもう人間ではなく、今では一羽の梟なのだ。

しかし、もう梟だから、こそこそ心配することでもなかったと、胸を撫で下ろしたい。爺さまは新米梟で、梟の手を、いや羽をどういうふうにして使ったら、胸を撫でることができるのかわからない。

パタパタと羽で脇腹を叩きながら、とにかく孫に気づかれないようにすることだ、と爺さまは焦っていた。年取ると、人間は梟になるものなのか、などと、孫たちに埒もないことを思って欲しくないのだ。何とかしなければ……。

爺さまは心を落ち着けて瓶の底に蹲り、すましていることにした。素知らぬ顔をしていることだ。そう思いながらも、爺さまは自分で笑い出しそうだった。そんなに頑張らなくても、どうせ判りはしない。何しろ、すっかり梟になってしまっているのだから。

だが待てよ。そっくり以上の同じ顔をしてすましていたら、やっぱりばれてしまうのではないか……。

そうだ。擬態をすればよい。

人間が空き瓶に入れるほど小さくなり、次には梟になったんだから、擬態をして見せることくらい出来るだろう。

擬態の真似をしてみても、真似の真似をしているのだから下手くそなのは仕方ない。しかし、ガラスの中で一体どういう擬態が出来るのだろう。透明になってみせることなど出来はしない。

爺さまは途方にくれた。普通は木の枝か何かに似せての擬態なのだから、森の中にいる必要がある。

森ねぇ……と爺さまが思い浮かべたとき、その鼻先に緑の葉の生い茂る匂いがした。瓶の中はいつしか森になっていた。太古の森だ。鳥やけものに虫たち……そして、草が芽を出し、木も枝を張り、雨露を滴らせ、苔むした原生林。そこで爺さまは木の幹に添ってすました顔で擬態をしていた。

瓶の中は命溢れる森と化し、あっちでもこっちでも、生物が子孫を育んでいる。景色の一部になりすましたまま、爺さまは考える。この生命力が透明な蜘蛛の巣に引っかかり、空気に溶けて森の匂いになるのだと。

「何この瓶」

「可愛い梟がはいっているよ」

「爺じにそっくりだよ」

孫たちの声だ。

爺さまはすっかりあわて、透明なガラス瓶の中できょときょとしてしまう。森はどこへ行ってしまったのか、隠れる場所がどこにもない。孫たちと眼を合わせたら、すぐにこの梟が爺さまだと見破られてしまう。せめて今は両目を閉じて、思慮深そうな梟でいることだ。

爺さまはまぶたにギユッと力を入れて、自分は梟だ、と念じ続けていた。やがて瓶をのぞきこんでいた孫たちもどこかへ行ってしまったのか、あたりはしいんとして、声も聞こえなくなった。もう大丈夫だろうと、ゆっくりと眼を開けた爺さまは、すぐ目の前に自分を見つめる小さな梟たちの顔があるので驚いた。

「あ、爺じ眼を開けたよ」

「爺じ、大丈夫？」

爺さまは何が何だかわからなかったが、見る間に眼の前の梟たちの背後に青空が開け、あたりが押寄せる喧騒に包みこまれた。

どうやら自分は地面の上で仰向けに倒れているらしい。

「爺じ、転んでけがしなかった？」

「誰があんなところに牛乳瓶を捨てたのかな」

爺さまは心配そうな顔を並べている孫たちが、まだ三羽の子供の梟に見えるので、大丈夫だよ、と答えていいものかどうか分からなかった。

花　壇

缶ビールなど無かった昔。ビールといえば茶色の瓶に入っているものだった。そのビール瓶が丁度十本、小さな家の裏木戸の近くに半円を描くようにして逆さまに土の中に埋めこまれていた。地面からほぼ五センチくらい出た瓶の底同士がぴたっとくっつけて並べられていて、小さな花壇の縁取りとして作られたのだということがよく分かる。

この古い家の主はもういない。

建物も取り壊され、草茫々に放っておかれたままの土地に、この古い瓶たちだけが昔の名残りをとどめている。

この家がたったの一回、酒宴を張ったときがある。昔々の話だ。

一人息子が戦争に取られる前、嫁さんを貰った。飲めない酒を飲んで息子はお国のために出征していった。

残されたのは嫁さんと姑さん。

そして、この十本の空のビール瓶。

酒屋に戻されることもなく、ビール瓶は十本揃って大切に扱われ、床の間に行儀よく並べられていた。

夜になるとビール瓶の口に蝋燭がそれぞれ立てられ、火が点された。

二人の前に戦場へ赴いた一人息子が現れた。母親と嫁さんを見て真新しい兵隊さんは笑っていた。

その姿が消えてからも嫁さんと姑さんは仲よく並んで、床の間に揺らいだ灯火を黙って眺めていた。口にしなくても、互いが同じ人間の無事を祈っていることがよく分かった。

二人はどちらからともなく手を伸ばして、一列に並んでいたビール瓶をまあるく円を描くように並べ変えた。瓶を持つことで炎が揺らぎ、その揺らぎの中で二人は微笑んでいる。そしてまた、まあるくなってひっそり輝いている灯りの中に坐り直した。

嫁さんのお腹の中にどうぞややこが身ごもっていますように……。

それは二人の、そして兵隊さんの、三人の祈りだった。

それから、静かに蝋燭の灯を消した。

そんな夜が繰り返された。ビール瓶の頭の上に乗った蝋燭は短くなった。白い蝋燭は溶けて流れて、まるでビール瓶のおしゃれな帽子のようになった。その帽子の上に灯火は心細いほどの灯りになってちょこんと乗っていた。

もう灯りはつけられない。空襲がひどくなって、暗い夜が続く。どんな小さな灯りでも爆弾を落とす標的にされてしまうから。

灯火管制はますます厳しくなった。

二人はある朝、そのビール瓶を五本ずつ抱いて庭に持ち出した。小さな庭にこっそり花壇を作ろうとした。贅沢は敵だと言われ、食糧になるもの以外は作ることは許されない。それも銃後の役目だった。

それでも二人は裏木戸のそばに幼児が砂場で遊ぶスコップで土を掘った。蝋燭の溶けたのを頭いっぱいにつけたビール瓶は逆さにされ、底だけを地上に出して埋められていった。ビール瓶を縁取りにして二人で小さな花壇を作ったのだ。

みなが、少しの空地を見つけては、じゃが芋やさつま芋、腹がくちくなるものを作っていた。花など育てていたら非国民とどやされる時代だった。

ほんの小さな場所で、二人は願いをこめて近くの野草たちを集めて寄せ植えした。

花壇の中には、あかまんまや、たんぽぽ、いぬふぐり、露草、ひめじょおん。

戦地にいる若い兵隊さんは、それらの花に囲まれていつも笑いながら、母と妻と一緒にお喋りした。

チチンプイ

八重はメリンスで縫った昔風の長い前掛けをしたひとり暮らしの老女だが、廃品回収の置き場の麻袋に空き瓶を入れに来るたびに、つい、丹念に袋の中を覗いてしまう。よその家が出した瓶の中に、捨ててしまっては勿体ないようなものがいくつもいくつもきらびやかに入っているからだ。八重は前掛けをたくし上げ、胸の前で揉みくしゃにしながら眺めている。

美しい……。空っぽの瓶の中に溜め込まれた空気が光を発するのか、瓶そのものなのか、いろいろな色が光が溢れている。麻袋の中はまるで西洋の教会のステンドグラスそのものだ。

高熱で溶かされてしまうのか、そのまま洗って使われるのか知らないが、また生かされて使われることは知っている。

それでも今、このままでこの美しさを……。この洋酒の瓶たちの言いようのない色と形を、今すぐに掌に入ってしまうぐらいの小ささにしてしまいたい。そう、この場で、チチンプイプイのプイとか言えば、見ている前で縮んでいく。小さくさえなれば、八重は気に入った瓶を持ち帰る。そして、いつまでも眺めていられる。

この願いが叶わないなら、せめて、と別の考えが浮かぶ。

八重は、もう一度生き直した若い自分が、その入れ物、器について薀蓄を傾けて朗々と語っている姿を思い描く。そして、ついでに美術史家になり、ガラスの色についてのエキスパートにもなっていて、ガラス工芸ならイタリアか、とか……何を思ったとしてもあまりにも馬鹿気ていて、詮無いことだ。八重は自分の無能さを知るばかり……。

しかし、今日の八重は少し違う。いつも通り袋を覗き、美しい空き瓶をもの欲しそうに物色しているところまでは同じだが。

八重は、持ってきた酢と佃煮の空瓶の二個を麻袋に捨てると、空になったその大きなビニール袋をふくらませ、かわりに麻袋の中から気に入った洋酒の瓶を選り抜いてひとつふたつとしまいこみ始めた。気が小さい八重にしては妙に決然としている。体裁とか、傍目とか、ともかくそんなことに少しでも捉われ気が散ることがあったら、成就できなくなってしまうという真剣さがある。

ここで挫けてはならない。他のことは眼中にない、いや、邪魔されないように念じながら、八重はガラガラと麻袋の中を掻き回した。事を成し終えるまで視線を手元から離してはならない。

やがてビニール袋が瓶でいっぱいになると、フウーっと息を吐き出し、呼吸を整え、ビニール袋をぶら下げると、八重はエッチラオッチラ家へ運んできた。

八重は取り出した瓶を一つ一つ手にとって眺めながら、日の当たる縁側に並べていった。深い藍色からトルコブルー、ダークグリーン、エメラルドとかブラウン。色とりどりの洒落た洋酒の空き瓶は、形もさまざま。その瓶たちの反射する光に紛れて、八重も透明になっていきそうな危うい様相を示し始めた。

さてさて、八重は揉み手をしている。図太くさえなれば、この日を、こうして現実にすることができる。八重にとってはもう時間切れだから、ようやくここで、こういう時間を持つことができた。早すぎても遅すぎても、今と同じ状況を作ることなんて出来はしない。今ふうに言えばタイミングというやつだ。それが、今日だった。

しかしここまでは計画通りうまくいっているのに、何かが欠けている……。八重は一番大切なことをどこかにすとんと落としてきたような心持ちがしているが、はっきりしない。その茫漠とした思いの中で、八重は瓶たちと並んで縁側に腰を下ろし、何かを待っている。真剣そのもののその瞳には青い空が映っているが、八重は何も見てはいない。

縁側を風が吹き抜けて行く……。

八重は思い出した。台風何号だったか、ともかく今日はこれから風が吹き始める。その一番先にやってきた大きな風がこの瓶たちに触れてくれればいいのだ。この瓶たちもそれを待っている。期待に震えて待っている。

風に乗って飛ぶ飛ぶ。嵐だって何だっていい。嵐そのもののエネルギーを貰える。嵐を突き抜ければ、そこには穏やかな青い空がある。

八重は思い描く。いつも見ている空の上の上の方には、雲を下においた世界があり、何層もの雲の上に、太陽は昇り、また沈んでいく。すべてを茜色に染めながら。だから、台風に揉まれたって思い切り上へ上へと行ってしまえば別世界に行けるのだ。

嵐は美しい瓶たちを持ち上げるための風力だ。その風が訪れた一瞬を捉えたとき、八重にはやる仕事がある。タイミングよくチチンプイプイと唱えるのだ。今年は例年になく体調がいい。澄み渡っている。この機を逃す手はない。条件は満たされている。

このチャンスを逃せない。風よ、来い。風よ、吹け。ドウードドウード、ドドドーンと吹いて吹いて吹き飛ばしてくれ。風に乗れさえすればこっちのものだ。チチンプイプイとやったそのあとは、この瓶たちは空気を孕んでプーとばかりに膨らみ、ポカリポカリと次々に浮かんで飛んでいく。上昇していく瓶たちの放つ色彩は、荘厳で美しい。それを見届けてから、八重はもう一度、祈りを込めてのチチンプイのプイだ。ほんの束の間の運命共同体だった八重が、共にその運命を辿れるかどうか……。すべては空き瓶たちと同じ無心の境地になれるかどうかにかかっている。

そのとき老いた女の人型が、きれいな空瓶を追いかけて飛んで行けるか行けないかは、ドドドーンと風が来て、幕が開いてからのお楽しみである。

空　気

わたしは狭い空間の中にいます。いや、空間そのものがわたしなのです。

わたしの今いるところは薄いガラスの小瓶の中です。八分目までは薬液さんが入っていますから、わたしのいる空間はごく限られているのです。しかも無菌なので酸素が希薄というわけではないのでしょうが、わたしは息苦しい状態に耐えています。

病院というところ、ナースステーションというところ、なかなか馴染めませんが、実験室というか薬品会社の冷蔵庫や倉庫の中よりまだましです。運ばれてきて、また冷蔵庫の中ではあるわけだけど、よいことがだんだん近づいてきているのです。わたしはこの瓶の中から開放される時を、たまたま同居している薬液さんと共に、心待ちにしているのです。

わたしはただ、この狭い空間から開放されたいだけですが、彼女にはご病人の役に立とうという目的があるわけで、とても大きな格差はあるのですが、一緒に飛び出せるという、いわば未来への同一の気持ちがあるのです。

たとえ、雑菌がうようよしていようと、ウイルスが飛び交っていようと、わたしは外に出るのが怖くありません。無菌という過保護的な大事のされようというのは、もうまっぴらです。

わたしと一緒にいる薬液さんは目に見えて使命感に燃えているといった具合です。人の体に入って活躍出来るのですから、この小さな瓶の中で何となく優位を占めています。

空気というわたしと、液体さんという関係は水と油で、混じり合うことはないのです。見ただけで彼女の方が量的にも多いのですから、勝負にもならないのです。それもよいのです。私たちは間もなくここを出て行くのですから。

巡りあわせでしかないしばしの仲間同士、そのお仲間は、わたしと違って高尚な難しいことを考えているせいでしょう、寡黙なのです。そっとしておいてやることだと思っています。

深遠なことと向き合っている彼女には彼女に相応しいお仲間がいるでしょうに、わたしのようにおハネなのがたまたま同居人なんて……。でもここを出た途端から、どうせ右と左に別れてしまう関わりなのです。

急に冷蔵庫の扉が開いて、看護師さんがわたしたちの入った小瓶をつまみあげました。いよいよ待ちに待っていた時の到来です。今こそわたしは僅かな空間の空気という存在から、広がりある世界へ突入し、ぐっと大きくなったわたしになれるのです。辛抱して、わくわくとその瞬間を待った甲斐があります。蓋の開かれるのを今か今かと、どきどきして待っているのです。

その時、蓋を突き抜けてピッカピカの注射針が押し入ってきました。いくら光ってシャープだろうと、そんな態度がいかに傍若無人か分かりますか。わたしはもうびっくりしてしまいました。身をずらして見ているうちに、仲間の薬液さんは不意の来訪者に吸い取られ、どんどん少なくなっていき、見る間にこの瓶から姿を消してしまいました。

わたしは、といえば、この小さな瓶いっぱいには大きくなりました。でもそこまでです。わたしの実感としてはあまり大きくなった気がしません。もっともっと大きくなる瞬間を夢見ていたのに、まさかここ止まり？　液体さんだけは出ていけたのに、蓋は取られなかったのです。

わたしは頭が混乱し、中から瓶のガラスの壁をどんどんと叩きました。

そしてふとわたしは気がつき、愕然としました。この瓶のゴムでできた蓋は永久に開かずの扉なのです。通れるのは注射針だけ。その注射針さえ、薬液さんのいなくなった今となってはもう迎えに来はしないのです。わたしというものがいるのに。

この瓶から出してさえくれたら、そのときは空いっぱい広がって、虹のように輝いて見せられもしたでしょうに。

もうわたしは、世の中に出て行くことができません。これまでわたしを守っているかに見えた堅牢なガラスの容器は、今となっては誰の目にもただの空き瓶でしかなく、ポイと捨てられてしまう運命に違いないのです。

土管

今どきは原っぱもないし、だから、土管というものも転がっていないのか……。

大造は老人、そして自由な時間を手にして、今、ルンペンになることを夢みている。今ではホームレスというらしいが。その大造が、今日もお屋敷からひょうひょうと風に吹かれながら出かけ、原っぱ探しと、土管探しを相変らず飽きもせず繰り返している。

銀色の髭に立派な背広を着こなした堂々たる体格の大造を見た人は、きっと有名なオペラ歌手かなんかだと思うだろう。相当に大きな会社の、相当にえらい重役だったから、その威厳は借り物ではない。現役を退いたから、共に年をとった妻と船で世界一周を……と思った矢先に先立たれてしまい、広い屋敷はがらんと静かで、古い召使が一人だけ。それ以来、ソファーでパイプをくゆらせているときも、老眼鏡で本を読んでいるときも、大造の頭の中にはいつも、

土管の中でぇ……。

という、出どころの定かではない歌が聞こえている。どこで聞き覚えたのか、またそれを何のはずみで思い出したのか、大造はその歌の断片が頭から離れない。ときにはそれが、遠い昔にあの世へ行った母親の声で聞こえてくることもあるので、大造が小さかったころ子守唄がわりに聞いていたものかも知れない。

土管の中でぇ……。

子守唄にしては変な歌の調べも、それを聞いていた大造がまだ言葉も話さないくらい小さかったことを思えば、あるいは全くの覚え違いという可能性もある。それでも話し相手もなく大きな屋敷にいる大造は、その歌の調べから思い浮かぶ土管での気ままな生活が、本当の幸せだと思えてならなかった。

まるで舞台に大道具を並べるように、大造は月夜の空地の真ん中に土管を一つ置いて、そ

こから頭だけだして空を見上げている自分の姿を思い描いた。

　空地と土管を求めて近所を歩いていると、すれ違う人たちはたいてい大造を知っているので、丁寧に挨拶をしてくる。大造もステッキ片手にゆっくりと大股に歩きながら、その都度帽子を取って、これまた丁寧に会釈を返す。相手は相変らずの大造の紳士振りに感心して行き過ぎるが、大造自身はそれらの人々に全く見覚えがない。きれいさっぱり忘れているのだ。見知らぬ人間に頭を下げられることには馴れきった人生を送ってきたので、誰に対しても挨拶をおろそかにしないという信条を全うしている限り、大造はかくしゃくとした老人だった。しかし、微笑んで挨拶を交わした人間が、もし会釈の途中で注意深くその足元に目を向けたなら、つま先がぱっくりと開いた壊れかけの靴を見つけ、改めて大造の顔を見つめることになっただろう。ルンペンの生活に憧れる大造は、土管のない空地で見つけた誰が捨てたとも知れないその履きつぶされたボロ靴を、得意になって履いていた。もしどこかに雑巾にもならない上着が捨てられていたなら、大造はよろこび勇んで背広を脱ぎ捨て、その場で着がえたにちがいない。貧乏を全く知らない大造は、毎晩仕方なく寝室の大きな天蓋付きのベッドで寝ていたが、土管さえ見つかれば、もうソファーも書棚もパイプも、屋敷ごと必要なくなってしまうのだった。

　土管の中でぇ……。

今まで見たことも無い原っぱにやって来た大造は、長いこと同じ場所に立ち尽くしたまま、じっと足元を見つめていた。すぐそばには大きな河が流れている。大造はいつになく遠くまで歩いて来ていた。風が耳にあたるためか、いつものメロディーの中に、聞きなれた母の声のほかに、微かに妻の声もするようだった。足元では風に合わせてペンペン草が踊っている。大造が見詰めているのは、しかしその三味線の撥のような葉で、破れた靴の先を弾いて遊んでいるペンペン草ではない。群れて騒ぐ草たちの中に、半分隠れるようにして横たわった透明なガラスの空き瓶から、大造は目が離せないのだった。

土管の中でぇ……。

大造は声にもならない声でその歌を繰り返し繰り返し口ずさみ、何かを探り当てようとしていた。

土管の中でぇ……。

周りには一面に草の伸びた空地がある。これは、いつも大造が思い描いて探していた土管のある空地と何も変るところがない。空が大きくひらけ、夜には月もきれいに見えるだろう。

土管の中でぇ……。

大造は、この歌に出てくる土管というものがどんなものなのか、分からなくなり始めていた。探し続けていた空地の真ん中にはいつでも土管が一つ。そうして今、ようやく見つけたその空地の真ん中には、土にまみれた牛乳瓶が一つ。見れば見るほど、大造は今まで知っているといると思い込んでいた土管というものが、一体どんなものだったのか思い出せなくなった。そしていつしか、ガラスで出来たこの牛乳瓶が、紛れもない牛乳瓶でありながら、頭をめぐらせばめぐらせるほど、確実に大造の中で土管そのものへと意味を変えていくのだった。

大造は、今では完全に土管に成り替った空き瓶を手に取ると、中を覗きこんだ。

土管の中でぇ……。

大造にはまるで耳鳴りのように、繰り返し繰り返しその歌が聞こえている。幾日も幾日も足の向くままに土管を探し歩いた大造はここに来て、まるで目に見えない壁に四方を固まれたかのように、動きを止めた。ようやく手にした空き瓶の中を見れば見るほど、大造はこの狭い空間で自分がいったい何をしようとしていたのかが分からなくなるのだった。

土管の中でぇ……。

大造は鳴り続けるその歌の一節があまりにも短く、先にも後にも続く言葉のないことに、今さらながら愕然とした。今の今まで、大造は探している土管を見つけさえすれば、今住んでいる屋敷以上の安らぎをそこで得られるものと、信じて疑わなかったのだ。

大造は空っぽの牛乳瓶の口から覗きこんでいた目を上げると、ゆっくりと周囲を見回した。青々となびく草は透明な風を目に見える姿にして、波のようにうねっている。まだ日は高いのに、さざ波に震える河面は色彩を失って灰色に沈んでいる。対岸から渡ってくる風は冷たく、乱暴に大造の胸ぐらを掴んでは走り去る。

大造には、今でははっきりと母と妻の歌う声が、風と草の葉たちのコーラスの中に聞こえるのに、空地中を見渡してみても、そのどこにも人影は無い。

大造は風にさらわれそうな帽子を片手で押さえながら空を見上げた。低く垂れ込めた雨雲が、大造の頭上を先を競うように後から後から駆け抜けて行く。

大粒の雨が一つ、また一つと大造の頬を濡らした。やがて雨音も加わり始めたコーラスに、大造はいつまでもいつまでも、冷たい雨に打たれたまま耳を傾けていた。

土管の中でぇ……独りきりではくらせない……。

飛行船

空き瓶が空に浮かんでる。まるで飛行船のように見える。が、どうしても牛乳瓶、それも五合瓶の大きな形のもの、特大。それより、もっともっと大きな瓶で、いわば、昔懐かしいツェッペリン号ともいえる飛行船なのだ。ゆうゆうと、どうどうと青い空に、と言いたいところだが、灰色の空間にそれは萎んでというのも妙だがおぼろになってしょんぼりと回遊しているではないか。牛乳瓶そのものだから透明、中が見えているはずなのに、ぼうとしている。飛行船になった瓶に乗っているのはもう人の形もしていない人々。それでも何だか惹かれる。懐かしいのだ。

あれに乗りたい。どこに停車場があるのか……この世の人もあの世の人も乗り降り自由と聞いているのだが。いやこれは船だから、波止場を探しにいかなければ。

そんなふうに、遠いとも近いともいえるところに浮いているその船を見ている爺さまは、この世の人ともいえないし、あの世の人とも言いかねるところにいるらしいので、そもそも爺さま自身がどちら側にいるのか定かでない。船に乗れるのやら、資格がないのやらもわからない。爺さまは当惑した思いで、どうもどちらともつかぬ境目に自分は浮遊しているということは感じている。覚悟ができないままにやってきてしまった者にのみ与えられるあいまいな場所、そのどっちつかぬところに爺さまはいる。

その爺さまは腰のまわりに魚篭のように普通の牛乳瓶やら、その半分ぐらいの太っちょに見えるヨーグルトの瓶を口の窪みに紐を絡げて、いくつもいくつもぶら下げている。とりあえず役に立つのかも、といった思いで持って出た。何に役立つかもわからないのに。別に牛乳やヨーグルトが入っているわけではないから、空っぽといえるのだが、どうも色とりどりの折り紙の細かく切ったようなものが、それもこの瓶には何色、この瓶にはといった具合に、色分けされて入っているらしい。爺さまはそれさえ持っていれば、それが切符のように、いやパスポートのように使えるものと信じているようだ。それが爺さまの旅立ちの用意だった。

重そうな魚篭(ビク)をいくつもね……。

爺さまは何を考えているのやら……。

どこからともなく聞こえる声に、近づいていきたいが、どこが境目なのか、何の境目なのか、ともかく、その中間あたりを彷徨っている爺さまには方角も距離感覚もまったくつかめない。誰がどう見たって異様な姿なのだが、爺さまにとっては腰にぶら下げたものこそが、ここまでの道程、生きた証になるものと思いこんでいる節がある。例えば、喜びは黄色の、やさしさはピンク、悲しみは藍色とか、それも人から与えられた喜び、つまり受け手であったり、その反対であったりの色分けもしているような、大分細やかなのだ。やさしさにしても、悲しさにしても、どちらに比重がかかるのやら。爺さまは考え深そうになってきた自分を追いかける。そうだ、その上、達成感、とか、不満の類も分類したような気がしている。よくよく見れば、瓶の中身は複雑な色を帯びているのもある。つまり、すでに爺さまの思考は混沌としているのだ。爺さま自身が自分のことさえ、皆目分からないのに、あえてそこに何の価値を見出そうとするのか、ごり押ししてでもどこかに提出しなければならないと思っている節もある。一生の間に味わった喜怒哀楽を先ず色分けしてその嵩を測ってみようとしたのだろうが、またも途中で爺さまは混沌としてしまった。お定まりの経過を踏んでいる。

老いるとは、こんなささいなことにも疲れる……。爺さまが呟いたのか、別の人が爺さまに言ってきかせたのか。

牛乳屋でアルバイトをやっていたときは若かった。暗いうちから起きて暗くなるまで白い牛乳とそれが入った瓶、空の瓶とに取り巻かれ、バイクを乗り回してガチャガチャ働き通した。忙しいさ中にも熱い恋愛をして、結婚もした。その結婚が幸福だったのか不幸だったのか思い出せないのに、結末だけはよく覚えている。その妻が死を選んだのか、若い爺さまが絞め殺してしまったのだったか。ともかく妻は姿を消した。それから何もかもうまくいかなくなった。

次のかみさんも働きづくめに働いて、死んだ。何をしていた女だったか。かみさんかみさんといって甘えたのは微かに体が覚えている。その体も、もうすかすか、蓮根より始末が悪い。

まだ、こうして覚えていることもある、と爺さまは自分を褒めてやりたくなるが、褒める材料がもう手持ちにないことも悟る。かみさんは褒め上手だった。それで爺さまは、かみさん亡き後もかみさんに替って自分を褒めてやったものだが、婆さんになるまで、あいつが生きていてくれたら、この瓶の中身はぎっしりになっただろうに。さて、かみさんが婆さまになっているのを見届けにいかなきゃなんないんだが……どっちにしろみんなおぼろになってしまって、互いが互いを見つけられない仕組みなのかも知れない。

もし、停車場だか波止場があるとして、どこにあるのやら。乗り場を探しているのは自分ばかりと限らないだろうに、独りぼっちでこんな所にいるのはどうも理不尽だと爺さまは思い始めてきた。浮遊しながら、周りをきょろきょろ見ている。仲間なんかいるはずはないのだ。いつだって誰もいなかった。いつだって独りぼっちでしかなかった。

周りはどんより濁った薄墨色。眼のせいかも知れない。

よくよく見れば、黒い紙と白い紙がまだらに混ってふかふか浮いている。雪でもない、雨でもないものが体に当って、と言いたいが、体があるのやらないのやら、すうすうと通り抜けていく。四方八方が白と黒のまだらなもので埋まっている。それらは爺さまなのであり、それらと一体なのだ。どこまでいっても底なしなのか、天井がないからすっぽ抜けているのか、延々と続いていく中、滲んだ爺さまがいる。

体がなければ腰もないはずだが、爺さまは腰に繰くられた牛乳瓶を前に引き寄せ覗く。いいことがあると、赤くて丸い小指の先ほどの紙を千切り、それを瓶に入れて貯めた。瓶の中がだんだん赤くなる。それを振って貯まるのを楽しんだ。わあ、きれいだわ、とかみさんが小さな植木鉢で育てているヒアシンスの花が咲いたと喜んでいたとき、俺は丸く蹲った彼女がきれいだと思って、黄色い紙を千切って空いた牛乳瓶の中に入れた。かみさんが生きていたら、きれいね、というだろうと思うことに出逢うと、爺さまは自分の口を開いて、きれいだ、と言って瓶の中に紙を千切っては入れてきた。何がきれいだったのか、何に感動したのだったか、この瓶には黄色の紙がいっぱいつまっている。かみさんがここにいれば、その瓶を見て、わあ、きれい、というにちがいない。

興に乗ったか、爺さまは別の瓶を覗く。拙いと思ったときは遅かった。少しも美しくはないどんより濁った薄汚れた紙、小さく切ったそれらのひとつひとつに爺さまは顔を背けなければならない。紙を切って瓶に入れる習慣はかみさんと呼んだ女から始まったことだと思っていたが、どうもその前の過去からそんな癖はあったようだ。忘れた振りをしてきたが、その証拠がこんなにたっぷり詰まった瓶を、後生大事に持ってきてしまったとは……。

絞め殺したあいつとの間には何人の子がいたんだっけ。

急に爺さまは若さを取り戻したかのように、抜き手を切って泳ぐように逃げ始める。手に当たるのはざらざらとしたものだけ、手の先以外何も感じない。あのときと同じだ。俺は逃げ切ったのだったか……。

白は無、黒は？　隠蔽したいもの。後めたさといったらよいもの。爺さまは、達観とか諦観とか、化けてみせようとしたのが見抜かれたらしい。爺さまは焦る。漂っている爺さまの周辺に、ずるい、ずるいが満ち溢れ、果てしなく続く。別に逃げようとしているわけではないのに、ずるいずるいは爺さまを追いかけてくる。ずるい、卑怯、で出来上った人間模様をすり抜けるとか、脱ぎ捨てる術はもうないようだ。今までいた世では甘い汁を吸ったが、それはここでは無理らしい。

あいまいなところに来ているのだから、あいまいにしていれば通用すると、たかを括ったが……それはうかつだった。

いまこそ爺さまはやっぱり波止場を探さなきゃ、とまた周りを見回してみるのだが、牛乳瓶の飛行船のありかも見えないし、波止場からはますます遠のいた気がするばかりだった。今となっては、体は完全に無いに等しい。すかすかすうすうしているだけだ。境目がどこにあるやら、どこまでいっても、ここからは抜けられないということが、微かに、無の体を震わせて伝わってくる。

境目に迷い込んだ者は、永遠に浮遊し続けるのだろうか……。

砂

太吾が後生大事に持っているものがある。コルクの蓋つきで親指くらいの透明なガラス瓶で、今は空っぽだが元は砂が入っていたのだ。

太吾の父は、沖縄に向かう船に乗っていて撃沈されて戦死した。遺骨も何も戻ってこなかった。この小瓶を母はどこで手に入れたのか。それを遺骨と決めていた母だ。

今はもう亡き人になってしまった母が、若き父を語るときの姿を太吾は忘れることができない。母はこの小瓶を掌の中でゆっくりくるりくるりと横向きにまわしながら、さらさらと崩れる砂の中に何を探していたのか。

母の口からさまざまな話を聞いていると、見たこともない父を強烈に意識してしまうから不思議だ。太吾にとって、その小瓶はいくらでも父の話が湧き出てくる打ち出の小槌のようなものだった。

母が亡くなり、太吾が形見のその小瓶を手にしたとき、なぜか中には何も入っていなかった。それでも、母の息が吹き込まれているその小瓶の中で、父も母も生き継いでいる気がした。

安い船賃で人も乗せる貨物船の甲板に、太吾の姿があった。その沖縄へ向う海の上で出会った夕景を、太吾は忘れることができない。何度生き直しても、もう二度とできないような出会いを経験したからだ。

太陽が赤く染まり始め、次第にピンクから橙色の燃え滾る炎へと変化しながら、水平線に引き込まれていく。ゆらゆらじゅじゅと音立てて滾ったでっかいでっかいその身を崩していくとき、太陽が海面に残すのは一本の王道。真っ赤な真っ赤な真紅の太陽に通じるその道は、そのまま人が歩いていけそうだ。太吾が立っている貨物船から太陽に繋がっている太い光の帯。太吾がもし勇気を出して踏み出しさえすれば確実に太陽の所まで行ける。いや、水平線に半分もぐってしまったとはいえ、あの太陽に近づいたら、体は瞬時にじゅっと炎に焼かれ溶けてしまうだろう。

全身を夕日に包まれたまま、太吾は思わずポケットをまさぐり小瓶を手にしていた。海は、底の底の方からの波のうねりに合わせて、重力に従いゆったりのったり揺れている。太吾の目の前で、景色は刻々と変化し続ける。今では海一面が丹念に綯(な)われた黄金の光の縄で敷き詰められ、その一本一本が過去から続く命の薹で縒(よ)り合わされいるように、太吾には感じられるのだった。

誰もいないと思っていたのに、ひっそり隣に人が立っていた。太吾は恍惚とも、この世から離陸したともいえる状態にいたときだから、そのままた、夕景の中に溶け込んでしまっていた。

——よかったら、上にきませんか。

上？　天上のこと？　太吾はいま自分がどこにいるのか一瞬わからなかった。まだ網膜にぴたっと貼りついているこの世のものとも思えない夕景の中にどっぷり浸かっていたのだから。

魂が体から遊離して動いて行くのか……太吾は夢遊病者のように導かれ、見知らぬ男のあとについていった。細い鉄の梯子をいくつか登った。気がついたら、彼と並んで、関係者以外立ち入り禁止という場所、操舵室横のデッキに並んで立っていた。甲板の上ではすでに太陽は沈んでいたのに、ここからは真っ赤な太陽はまだ水平線に没せずにいて、太吾を迎えてくれた。

一大スペクタクル、華麗なる饗宴が終ってしまったと思ったのに、またも、新たに燃える炎に太吾は包みこまれていた。もう一度最後の太陽を見て、息を詰め声を飲んでいた。全身が、青い薄墨をまぶした色の潮風に溶け込み始めても、太吾は微動だにもせず……そのまま永久に続いていくかのように立ち尽くしていた。太吾は、もうひとつひとつと鉄梯子を登れば、まだあの夕景はあるのかも……と思い、限りなく鉄梯子を登って行きたい……と思った。

ふたたび男の声がした。そのとき始めて太吾は男の姿に目を向けたが、消えかかった夕映えを受けたその横顔に、なぜか見覚えがある気がした。

――このような景色に出会いたいばかりに船から降りられません。

太吾はもしやこの船乗りは父かもと思い、母を慌てて呼び寄せていた。掌の中の小瓶がそのとき、密やかに砂の音を立てた。

灯

河の水を見たい。周りがこんな色合いに染まっているときの方が、河は静かな光をたたえているはずだ。夕暮れとも、まだ明けきれない黎明とも分かち難い薄墨色の世界。いや、もう少し明るいすみれ色だろうか。微かに水の匂いがする。水の色をこの眼で。そうして、指先が水に触れたがっている。

奈河は鼻を押し開いた。冷気に満ちた露にたっぷりと濡れたすすきの、すでに花咲いて重くしな垂れている姿が、奈河の眼の前に広がっている。いやに、寂しい香気だ。

奈河はその香りを胸一杯吸い込んだ。すみれ色の空気も一緒になって、奈河の全身にいき渡り、染まってしまうかと思うほどに、ひたすらな思いで。鼻腔が凍みて痛い。この光景を、生涯の分まで……眼の底、心の底、体の隅々の細胞にまで染みこませたい……。

気がつくと、奈河の年老いた友人たちがいる。メリンスの前掛けをした老女、腰に牛乳瓶を下げた爺さま。壊れかけの靴をはいた老紳士もいる。それぞれの手に空っぽのガラス瓶が握られている。うっすらと、すみれ色の光が漂っている瓶。友人たちに混じって、奈河もひっそりと並んで立つ。

いつの間にか、儀式に参加していたらしい。これは、記憶を遠く遠くへ押しやる予備軍の儀式。奈河もいつしか手に持っていた牛乳瓶をひっそり掲げて見せる。そのガラス瓶の中に漂うやわらかな灯。微かに光を湛えたものを互いに見せ合っている。

孤立した者同士の関係。和んだ輪ができ、すみれ色の光は、立ちのぼる煙のように流れ、やさしい輪をつくる。

「書くことは、啖呵を切ること」

金井真紀

村尾文さんが綴る小説はどれも、主人公の境遇がずーんと重い。日頃のんきに生きているわたしなど、重みへの耐性がないため、読み進めると心身ともにヨレヨレになる。ヨレヨレになりつつ、なぜかページをめくる手が止められない。なんだろう、この引力は。

とりわけ、身体感覚の描写のなまなましさに引きずり込まれてしまう。たとえば表題作「黒黴」の、主人公の夫が家の中で暴れるシーン。ふだんは穏やかな夫だが、酒を飲むといけない。家族に直接手をあげることはないものの、家じゅうのものを投げる、叩く、粉砕する。ザ・酒乱DV夫。主人公と子どもたちはこっそり二階に上がって、布団をかぶって嵐が過ぎるのを待つ。その描写――

「ガラスの踏みしだかれる音に呼応して、それぞれの背中の骨も軋み、音を立てる。骨の周辺の細胞たちもざわざわと立ちあがり、何踊りだか知らぬが、落ち着きなくひょろひょろ動いている。」

背骨のまわりの細胞が、ひょろひょろと踊るんである。それも、「何踊りだか知らぬが」だって。こんな表現、ほかの人の文章では絶対に出会えない。

とにかく、重くて、しんどくて、読んでいるこちらの身体までが痛くなり、細胞がむずむずしてくる。こんな小説を書くのはどんな人なのだろう。


「あたし、心の中で年じゅう、啖呵切って生きてきたんです」

啖呵を切る。なんて威勢のいいことばを、村尾さんは柔らかい声で、はにかみながら口にした。茶色い格子柄のハンチング帽をふんわりと頭に乗せて、同系色のすてきな眼鏡をかけている。さすが元パーマ屋さん、おしゃれだなぁ。

千葉県北部の住宅街。日当たりのよいリビングルームにはピアノが置かれていて、壁には息子さんの絵画作品がかけられている。そのおだやかな空間で、村尾さんはほほえみながら、昔のはなしをしてくれた。

物心がつくかつかないかの頃にはもう、発育が遅れていたお兄さんのお世話をしていたこと。小学校時代、いじめられていたお兄さんのところへ飛んで行って、いじめっ子たちを蹴散らしたはなし。十三歳のとき、学校へ通うことを諦めて、働かざるを得なくなる。仕事はパーマ屋さん。選択の余地はなかった。やがて父親は家庭を顧みなくなり、母親のヒステリーはひどくなっていった――

つらいことがあると、本を開き、物語の世界に逃げ込んだ。眠らずに本に没頭したいくつもの夜。そして、もうひとつの大きな支えが日記だった。日記をつけることでどうにか心の均衡を保ったという。

「戦中戦後の紙がない時代だったから、チラシの裏や、安いわら半紙を自分で綴じて日記帳を作ってね。毎日なにかしら書いていた。親に文句を言いたくても、兄貴のことでむしゃくしゃしても、日記を書くことで気持ちを収めることができました。書くことで、次に進めたのね」

家族が寝静まってから、わら半紙の日記帳に向かう少女の背中が見える気がした。肩をすこしこわばらせて、鉛筆をぎゅっと握りしめて。

「その日記、いまでもとってありますか」

と尋ねたら、ニコニコしながら村尾さんは言った。

「十八歳のとき死のうと思って、全部お風呂場で焼いちゃったのよ」

驚いて、ニコニコ顔を見返す。もう生きているのが嫌になってしまって、大量の睡眠薬を飲んだのね。その前に日記を燃やしたの。日記帳を積み上げると、自分の背丈を越えるほどだったわね。致死量の薬を飲んだのに、なぜか死ねなかったの。ふしぎねぇ……。

ずっと日記だけを書いてきた村尾さんが、初めて小説を書いたのは四十歳の頃。離婚したあと、パーマ屋稼業の合間を縫って文章教室に通い始めたのが転機となった。

「教室に行くとね、机が並んでいるの。もう天国にいるような気持ちよ。手を合わせて拝んじゃうくらい、うれしかった。このうれしさは、ちゃんと学校に通うことができた人にはわからないかもしれない」

夜、四人の子どもたちがちゃぶ台を囲んでおしゃべりをしている。その横で腹ばいになって、村尾さんは小説を綴った。チラシの裏に、書いて書いて書きまくった。

「書くことで自分を納得させることができたの。日記と一緒。もちろん小説だから虚構の世界だけど、自分が体験してきたことと向き合う時間でした」

小さな体で兄を守り、差別を憎んだ。好きな仕事を選ぶことも、疲れて休むことも許されなかった。守ってくれるはずの夫は暴れ、子どもたちを抱えて途方に暮れた。そのすべての局面を、村尾さんはただ書くことによって、生き延びてきたのだった。

あぁ、そうか。「心の中で年じゅう、啖呵切って生きてきた」って、そういうことなのか。

村尾さんにとって、「書くことは、啖呵を切ること」だったのだなぁ。

のんきに生きて、のんきな文や絵を書いているわたしに、村尾文の文学の深みがどこまで理解できているのかはわからない。ただ、「書くことは、啖呵を切ること」という狼煙だけは、わたしが立っている場所からも見える。澄んだ空の向こうに、くっきりと。

（かないまき　作家・イラストレーター）

著者略歴
村尾　文（むらお ふみ）
1934年四男四女の次女として東京に生まれる。
戦後、双子の弟の誕生によって子守のため中学校
を中退。18歳で家業の美容室を継ぎ店主となる。
40歳を過ぎて小説を書きはじめ現在に至る。
著書『村尾文短篇集 第1巻 冬瓜』（西田書店）
　　『村尾文短篇集 第2巻 鎌鼬』（西田書店）

村尾文短篇集　第3巻
黒黴（くろかび）

2018年4月20日　初版第1刷発行

著　者　村尾　文（むらお ふみ）
発行者　日高徳迪
装　丁　臼井新太郎装釘室
装　画　平岡　瞳
印　刷　平文社
製　本　高地製本所

発行所　株式会社西田書店
〒101-0051 東京都千代田区神田神保町2-34 山本ビル
Tel 03-3261-4509　Fax 03-3262-4643
http://www.nishida-shoten.co.jp

ISBN978-4-88866-627-5　C0093

・定価はカバーに表示してあります。

村尾文短篇集　第1巻

冬瓜（とうがん）

【目次】

■文章も、書きなれた、手堅いリアリズムである。したがって読者は、それぞれの体験を重ね合わせて、感情移入しながらこれを読むに違いない。

（後藤明生／一九九〇年「船橋市文学賞」選評より）

■（村尾文の作品は）自然主義がまだ生きていた頃のベテランの作者を思わせるような手法は古風な印象だが、最近の腰の弱い作品の中におくと、やはりその手堅さは飛び抜けてみえる。

（大河内昭爾／「文學界」同人誌批評より）

四六判　２５６頁　定価（本体１５００円＋税）

村尾文短篇集　第2巻

鎌鼬（かまいたち）

【目次】

■……地霊（家霊？）に憑かれたように、地べたから離れることなく書きつづけ、形づくられた村尾文のこの小さな「文学の森」は、村はずれに佇む鎮守の森のようだ。静謐が呪縛する空間は、烈しい風雨に遭えば樹々は揺らぎ木霊が騒ぐ。そこに植えられた樹木は、村尾が丹精をこめて植えたものだから、私たちはその一本一草に目を凝らすように五篇の作品に就こう。

（大津港一／本書「第2巻に寄せて」より）

四六判　２６０頁　定価（本体１５００円＋税）